KB150225

내가 무슨
부귀영화를
누리겠다고

내가 무슨
부귀영화를
누리겠다고

진민영

문학테라피

시작하는 말。

노곤한 몸을 눕혔지만 잡념이 끊이지 않는 마음 탓에 오늘도 날밤을 지새웁니다. 그런 당신의 숙면을 방해하는 여러 가지 잠재적인 고민거리를 하나씩 짚어 가며 차근차근 답을 해 보았습니다.

글을 썼던 지난 시간 동안 많은 분으로부터 다양한 종류의 고민과 질문을 받아 왔습니다. 새로운 삶의 여정에 올라 용기를 구하는 분도 계셨고, 감당 못 할 크기로 불어난 삶을 줄이고자 조언을 구하는 분도 계셨습니다. 또 현재의 자신을 둘러싼 갈등, 망설임, 풀리지 않는 고민을 털어놓기도 하셨습니다. 많은 분의 귀가 될 수 있어 기쁘고 감사했습니다. 이 책은 귀 기울였던 제 지난 시간의 연장입니다.

분명한 해답을 구하기보다 여러 각도에서 고민을 해석하고 뜯어볼 수 있는 관점을 열자는 마음으로 책을 읽으셨으면 좋겠습니다. 다양한 방식으로 생각하다 보면 무거웠던 고민이 가벼워지기도 하고, 흐릿했던 시야가 맑게 개기도 하니까요.

이 책을 통해 긍정적인 자극을 받아 갈 수 있다면 글을 썼던 시간이 제게도 좋은 기억으로 남을 것 같습니다. 글을 읽으며 '아하' 하는 순간을 조금이라도 만났다면 성공입니다. 그것만으로도 묵직했던 생각의 무게가 조금은 가벼워질 수 있을 것이라 믿습니다.

진민영

차례。

2장 ——————————— **마음에 숨통을 트이고 싶다면**

3장 ——————————— 생각 분리수거 중입니다

1장

오늘 하루도
이렇게 가 버렸네요

이유 없이
짜증날 때。

'복장은 편하게, 가방은 가볍게.' 이는 외출 시 나의 철칙이다.
가방에는 최소한의 소지품만 넣고 늘 두 손이 자유로울 만큼
몸에 지닌 물건을 간소화한다. 평상시에는 지갑, 립밤, 팩트,

휴대폰 정도만 휴대하고 글을 쓰러 카페에 가거나 누군가를 기다려야 할 일이 있으면 손바닥 사이즈의 문고본 한 권과 수첩만 간편하게 준비한다.

잡다한 물건은 보행에 불편이 되고 무거운 가방은 짐스러워진다. 몸이 힘들면 분노의 허들도 낮아진다. 사소한 일에도 기분이 상하고 별일 아닌 일도 견디지 못하는 뾰족한 사람이 된다. 몸은 가볍고 손이 자유로우면 무엇 하나 계획한 대로 되지 않는 그런 날에도 관용을 베푸는 넉넉한 인간이 된다.

늘 가는 빵집에 항상 먹는 빵이 없고, 타고 있던 버스는 중간에 운행이 중지되고, 한참을 기다려 갈아탄 버스는 노선이 변경된 차량이고, 커피를 마시려고 들른 카페는 인산인해라 주문도 하지 못한 채 발걸음을 돌려야 했던 날.

평소 같으면 뒤로 넘어져도 코가 깨진다더니 그게 나구나, 뭘 해도 안 풀리는 재수가 없는 날이라며 씩씩대며 거리를 걸었을 텐데 웬일인지 마냥 기분이 좋기만 하다. 예기치 않은 변수에도 크게 동요하지 않는다. 빵도 못 먹고 커피도 못 마셨지만 행선지를 변경해 서점에 가 좋아하는 책을 잔뜩 읽었다. 과정이야 어찌 되었든, 기분 좋은 하루를 보냈다.

버스가 멈춰서 짜증이 났던 이유는 발 아픈 구두를 신고 무거운 가방을 들었는데 계단을 오르내려야 하는 지하철을 타는 것이 싫어서였다. 노선이 꼬여서 신경질이 난 이유는 계획했던 일정에 오차가 생기면 약속 시간을 맞출 수 없다는 불안과 초조함 때문이었다. 한두 시간 일찍 나와 기다리니 맞춰 가야 할 급박한 일정도 없고, 무거운 가방을 들지도 불편한 신발을 신지도 않았으니 이래도 좋고 저래도 좋을 뿐이다. 몸은 가볍고 손은 자유롭고 발은 편안하니 더 걸어야 해도, 조금 늦어도, 돌아가도, 부득이하게 지하철을 타야 해도, 예상대로 일이 풀리지 않아도 화를 낼 이유가 없다.

신경을 거슬리게 하는 일도 많고 작은 일에도 혀를 끌끌 차는 상황이 잦다면 부정적인 나의 태도를 마냥 꾸짖기보다 높은 불쾌지수에 기여하는 환경에 원인이 있지는 않은지 생각해 볼 필요가 있다.

발이 아프고 손은 바쁘고 어깨가 무겁다면 제아무리 낙천적으로 생각하려고 용을 써도 까칠하고 날카롭게 반응할 수밖에 없는 게 정상이니까.

어디에서도 소속감을
느끼지 못할 때。

대학 졸업을 앞두고 대학원 진학을 고민하며 장학금 혜택을 이곳저곳 알아봤다. 학비와 생활비를 전액 지원받을 기회가 있어 지원서를 작성하려 했지만 이내 벽에 부딪혔다. 최소 지원 자격이 국내 초·중·고 재학 기간 7년 이상이었다. 한국에서 초등학교를 채 졸업하기도 전에 외국으로 간 나는 자격 미달이었다. 지원조차 하지 못하고 단념해야 했다.

대학원을 갈 수 있는 길이야 다양한 제도와 경로가 있어 그리 아쉽지는 않았지만 이 숫자 7이 유독 나를 많은 생각에 잠기게 했다.

중국에서 6년을 살았고, 6년 동안 서구식 교육을 기반으로 한 국제학교에 다녔다. 학교에 가면 영어를 썼고 밖에 나오면 중국어를, 집에서는 가족들과 한국어를 썼다. 소속감을 느끼기도 힘들었고 핏줄이 주는 가족애 또한 옅었다. 친척들과 교류하는 시간은 타지 생활 몇 년간 다섯 손가락에 꼽았다. 어디에서도 이방인이라 느꼈고 어디든 속하고 싶어 버둥댈수록 점점 더 어디에도 속하지 않는 외지인이 되어 갔다. 한국인의 정체성을 채 개발하기도 전에 외국 생활을 시작했다. 교실에 한국 국적을 가진 여자아이는 나 혼자였고, 학우들은 각자 자신들과 유사한 배경을 가진 사람들끼리 어울렸다. 유럽계 백인들은 백인들끼리, 아시아계 미국인들은 그들끼리, 싱

가포르와 말레이시아같이 어울리는 무리 사이에는 저마다 공유하는 문화와 사고방식과 성장 환경이 있었다. 나는 공유할 수 있는 게 많지 않았다. 1~2년이 지나면서 친구를 만들었을 때 나를 받아 준 사람은 나와 비슷한 아이였다. 홍콩인 어머니와 독일인 아버지를 둔 혼혈 친구였다. 공유하는 부분은 없었지만, 통하는 게 있다면 어디에도 속하지 않는다는 그 한 가지였다.

시간이 지나면서 나는 서구식 사고방식을 갖게 되었다. 친구들도 동양인들보다 백인 친구들이 더 많아졌고 말투는 직설적으로 변했다. 에이브릴 라빈, 켈리 클라크슨, 조너스 브라더스, 백스트리트 보이스는 유년 시절 나의 아이돌이었다. 재클린 윌슨을 읽고 〈아메리칸 아이돌〉을 챙겨 봤고, 학교에서는 〈가십 걸〉을 화제 삼아 대화를 꽃피웠다. 핼러윈과 땡스기빙이 추석과 설날보다 익숙해져 갔고 커다란 로커와 이동식 수업은 학교생활의 아이콘이었다.

제3의 문화권에 걸쳐 자란 아이들이 으레 그렇듯, 나 또한 학창 시절 내내 정체성과의 싸움을 겪었다. 태어나고 성장하면서 누린 전통과 문화는 낯설어졌고 새로 유입되는 문화와 관습을 익숙한 듯 내 것으로 만들어야 했다. 머릿속이 그들과 닮아갈지언정 마음속 어딘가에는 늘 이질감이 있었다.

한국에서 대학을 다니게 되었을 때 나는 설레었다. 진로를 정할 때 두 번 생각하지 않고 한국행을 결심했다. 외지인으로서가 아닌 가족으로 나를 보듬어 줄 사람들이 있는 곳으로 가고 싶었다. 나의 부모와 같은 언어를 쓰고 비슷한 음식을 먹는 사람들이라면 나는 그들과 완벽하게 하나가 될 수 있었다.

한국에서 대학을 다니면서 나의 기대는 조금씩 금이 갔다. 선후배 구분이 없는 환경에서 자란 나는 선배들과 종종 마찰을 빚었고 정적이 흐르는 강의 시간은 어색했다. 모든 것을 처음부터 끝까지 함께하려는 단체주의는 몸에 맞지 않았다. 내 피부에는 서구의 개인주의가 켜켜이 묻어 있었다.

납득이 되지 않는 상황과 문화는 계속되었다. 나는 선배들에게 살갑지도 않았고 밥이나 술을 얻어먹지도 않았다. 후배사랑 나라 사랑이라며 술을 떠넘기면 정색을 했다. 이 사람저 사람 입이 닿은 국그릇을 내게 의리주라며 내밀 때는 산통을 깨더라도 거절을 마다하지 않았다. 남녀 구분 없이 어울리는 태도 또한 여러 사람에게 오해를 샀다.

이곳이라면 힘들이지 않고 좋은 친구를 금방 많이 사귈 수 있을 거라 기대했는데 그곳에서도 이곳에서도 사람 사귀는 일은 온통 장애물투성이었다. 파란 나라에서 나는 충분히 파랗지 못했고, 노란 나라에서는 늘 어딘가 부족한 노랑이었다.

나를 이방인 취급하는 그들이 미웠다. 문화가 달라서 애를 먹었던 중학교와 고등학교, 머릿속이 달라 환영받을 수 없었던 대학교, 두세 시간 길게 늘어놓아야 설명이 되는 내 학창 시절도 다 지겨웠다.

그러다 문득 생각해 보니, 나를 손가락질했던 그들만큼이나 나 또한 그들에게 손가락질을 하고 있었다. 눈동자와 머리색과 먹는 음식이 달랐기에 어딘가 다르다고 취급했던 그들만큼 눈동자와 머리색과 먹는 음식이 같다는 이유로 모든 것을 인정받고 이해받을 수 있다고 여긴 나 또한 편견에 사로잡혀 있었다. 받아 온 시선만큼이나 바라보는 나의 시선도 뒤틀려 있었다.

모국(母國)은 만능열쇠가 아닌 그저 또 하나의 색안경일 뿐이었다. 그들과 나 사이의 거리감은 백스트리트 보이스, 웨스트라이프를 듣고 자란 나의 성장 배경도 아니고 중국에서 국제 학교에 다닌 나의 10대 시절도 아니었다. 내가 가까워질 수 없었던 이유는 모국, 인종, 언어, 온갖 색안경이란 색안경은 다 끼고 사람을 대한 나 때문이었다. 사람과 사람을 대하는 나의 진실된 마음이 있었더라면 노랗고 파랗고는 중요하지 않았다.

지금은 구분 짓지 않는다. 파랗기 때문에 친구가 될 수 없지 않고 노랗기 때문에 모든 것을 수용해 줄 거란 기대 또한 없다. 그리고 사람들이 나를 신기해하고 달리 취급하는 것은 내가 충분히 파랗지 못하거나 부족한 노란색이어서가 아닌, 내가 초록색이기 때문이다. 초록색이라는 사실은 이제 또 다른 자신감의 원천이 된다.

관계가 나를 힘들게 할 때 우리는 상대방과 상황에서 원인을 찾는다. 하지만 자세히 들여다보면 문제가 피어오른 출발점은 내 안에 있다. 내성적인 나의 성격, 독특한 취향과 관심사보다는 내성적이고 독특하기에 어울릴 수 없고 이해받지 못할 것이라 생각하고 처음부터 문을 닫고 관계를 마주하기에 인간관계가 그토록 어려워진다.

누군가의 색깔을 동경하고 내가 가진 색깔을 미워했으나 내가 가진 고유의 색은 또 다른 누군가에게는 부러움의 대상이었다. 호기심과 매력으로 작용해 더 많은 기회를 만든 고마운 존재였다.

나의 다름을 인정하지 않고 이해하지 않고 냉대할 수 있다. 관심사, 기호, 취향이 달라서 관계가 유지되지 않을 수 있다. 하지만 시도해 보기 전에는 아무도 모른다. 나의 색깔과 취향에 입을 열고 목소리를 높여 보니 의외로 많은 사람이 귀를 기울여 주었다. 함께 좋아해 주지는 않았지만 나를 아껴 주는 마음이 있는 이들은 좋아하는 나의 마음을 그대로 지지해 주었다. 그들 중 몇 명은 관심과 애정을 쏟아 나의 열정을 배우고 이해하기 위해 노력했다.

다르다는 이유는 대화와 만남의 걸림돌이 되지 않는다. 이 것이 방해가 된다면 당신은 분명 '다름'을 무기로 모든 것을 이해받으려 욕심을 부리고 있는 것이다.

뒤늦게
진로 고민할 때。

세상은 열정을 쫓아서 하고 싶은 일을 하며 돈도 벌라고 한다. 직장을 박차고 나와 쓰고 싶은 대로 시간을 쓰고 하고 싶은 일만 하는 자유인이 되라고 말한다.

귀담아듣는 건 자유, 동경하는 마음을 말릴 생각도 없다. 그러나 분명한 건, 이들은 당신의 불행과 행복에 한 톨도 관심이 없으며, 다가올 어떤 결과와 미래도 책임지지 않는다.

사랑해 마지않는 일을 하며 살아야만 행복한 건 아니다. 열정을 직업화하지 않는 당신은 죄인이 아니다. 일하는 매 순간이 의미로 가득 차지 않아도 당신의 삶은 이와 별개로 충분히 가치 있다.

사람들은 좋아하는 일을 업으로 삼고 싶다고 한다. 열정을 가지고 즐거운 마음으로 노동하는 직업인이 되어, 꾸역꾸역 돈벌이 수단으로서의 업이 아닌 의미와 가치가 충만한 일터를 원한다고 말한다.

생업으로서의 직업이 결코 열등하다고 생각하지 않는다. 똑같이 존중받아 마땅하고, 어떤 업종에 종사하든 일하는 모든 이를 높이 산다. 그러나 노동과 업을 통한 가치 실현 또한 높이 사기에 그들의 열망을 이해하지 못하는 건 아니다. 단지, 그 열망이 수단으로서의 노동을 폄하하는 근거가 되지 않기를 바랄 뿐이다.

세상에는 좋아하는 일을 해야만 행복한 사람이 있고, 일이 아닌 다른 영역에서 완성되는 행복이 더 큰 사람도 있다. 업으로 하는 일이 삶을 지탱하는 중추가 되는 사람도 있으나, 업이 그저 행복한 삶을 보조하는 하나의 수단에 불과한 사람도 있다.

열정과 업이 일치한 삶은 결코 장밋빛 무릉도원이 아니다. 업이 되는 순간 때 묻지 않아 반짝이던 열정은 상처 나고 거칠어진다. 열정은 취미에서 그쳐야 괴로움이 없다. 일하는 시간이 언제나 즐거울 수도, 매일 놀멍쉬멍 편한 마음으로 일을 마주할 수도 없다. 탁월하게 잘하기 위해 삶 속 나머지 영역에서 추구할 자유 또한 외면해야 한다.

야근과 잔업이 불평 없이 기꺼워야 하고, 초과근무가 금전적 이익으로 이어지지 않아도 원망하고 불만할 수 없으며, 추구하고 싶은 쾌락과 즐거움은 언제나 뒷전이고, 소외감과 고독은 대수롭지 않아야 한다. 일과 나 사이 충족된 자유를 제외한 그 밖의 모든 종류의 자유는 사사로워야 한다.

포기하고 희생해야 할 편의가 무수하고 넘어야 할 관문이 만리임에도 이 길을 선택하는 이유는 그 길이 아름답고 이상적이어서가 아닌 달리 선택이 없어서다. 모든 것을 다 갖춰도 가치 있는 직업 활동 없이는 행복할 수 없는 자들이기에, 유연치 못해 의미와 가치가 깃든 돈벌이만 인정할 수 있기에, 행복의 허들이 남들보다 높아 남들이 다 가는 쉬운 길을 갈 수 없는 불행한 이들이기에 달리 선택이 없는 것이다.

업과 열정이 일치한 삶을 동경한다면, 추구하려는 삶이 내 행복의 형태와 어울리는지 따져 봐야 한다. 살아 보면 의외로 보잘것없고 하찮을 수도 있다. 행복은 부풀어진 환상이고 괴롭고 불안한 날이 더 많아, 돈벌이 수단으로 일을 하던 지난 시절이 그리워지기도 한다. 남 밑에서 주는 일 받아 하고 내려온 지시대로 일하는 게 더 쉽다. 책임질 일도 없고 골치 아플 일도 적다. 고까울 때는 욕할 상사도 있고 원망할 회사도 있다. 때 되면 통장에 월급도 착착 들어오고 시키는 일만 하면 안락함은 보장된다. 몸이 부서져라 일을 하면서도 담담해야 할 이유도 없고, 남들 놀 때 놀고 일할 때 일하며 잘 어우러진 사회인으로 끈덕진 소속감을 느끼며 살 수도 있다.

벌어들이는 돈이 모두 가치 있고 의미 있지 않아도 된다. 그런 삶을 산다 해서 당당하지 않아야 할 이유도 없다. 행복과 자유가 충족되는 영역은 '직업' 외에도 지천이다.

그런데도 회사를 박차고 나와 그림을 그리고 연기를 하고 창업을 하며 열정을 쫓겠다고 말하는 사람들이 있다. 그들을 어디까지나 응원하고 싶다. 평탄하지 않은 길을 선택했을 때는 사소한 지지마저도 절박해질 테니 말이다.

그러나 그들이 결코 대단히 용감하고 특별한 사람들은 아니다. 평범한 것으로는 행복할 수 없는 안쓰러운 사람들이다. 생각 없이 살고 싶으나 처음부터 그럴 수 없었기에, 고생길이 훤해도 자처하는 사람들이다. 어떤 선택을 하건 결국 더 행복한 쪽으로 기울었을 뿐이다.

친구들은 종종 내 삶이 부럽다고 한다. 출퇴근 시간에 지옥철 타지 않아도 되고, 트집 잡는 직장 상사나 밉상 동료한테 시달릴 일도 없고, 시계만 쳐다보며 퇴근 시간 목 빠져라 기다리지 않아도 되니 네 삶은 가히 무릉도원일 터. 하지만 희생한 시간보다 지급된 자유가 더 값이 나간다면, 감사한 마음으로 회사에 다니라고 말하고 싶다.

철마다 휴양지로 여행도 가고, 백화점에서 옷도 사고, 텔레비전에 소개된 맛집에서 코스 요리도 먹고, 레저도 즐기고 스파도 이용하며 거칠 것 없이 원하는 일을 다 해낼 자유를 회사가 준다. 단언하는데 이 모든 일을 가능케 할 금전적·물리적·정신적 자유를 일에서 추구할 자유보다 가치 있게 평가하는 사람이 더 많다.

남들 휴가 갈 때 일하고, 주말과 공휴일 구분 없이 날이 밝으면 어김없이 같은 시간에 같은 곳에 가 같은 일을 해도 충분히 행복할 자신이 있느냐 물으니 그렇다 선뜻 말하지 못한다. 쓸쓸함과 외로움은 덤, 책임과 원망의 화살도 모두 나로 끝난다면, 그때도 아무렇지 않을 수 있냐 물으니 별일 아니라 말하는 사람이 몇 없다. '업' 외의 모든 자유가 사사로울 수 있냐 물으니, 내 친구들은 한 명도 빠짐없이 망설인다.

업이 생계 수단이 되어도, 또 그것을 도구처럼 가볍게 부려도, 누구도 당신을 비난하지 않는다. 삶이 저평가되는 기준이 업과 열정의 불일치도 아니다. 내게 가치 있고 행복한 영역이 '업'외에도 많고 다양하다면 일은 사소하고 비중 없어도 된다.

나인 투 식스 사무직을 한다고 행복이 보장되지 않듯, 열정과 업이 일치한다고 삶이 전보다 더 윤택해지는 것도 아니다.

시계 쳐다보며 퇴근 시간 기다리는 자신을 자책하지 않아도 된다. 당당하게 '일'을 우선순위에서 밀어내도 된다. 행복한 일을 마음껏 할 수 있는 자유를 준 '업'에게 감사하고 고마워해도 된다.

열정의 불꽃을 태우며 일한다고 으쓱해 할 이유도 없지만, 일이 수단이 된다고 부끄러워할 이유는 더 없다. 행복할 자유를 주는 도구가 일이 된다면, 그 도구는 참으로 고맙고 대견한 존재가 아닐 수 없다.

수단이 된 일은 낭비되는 헛된 시간이 아니다. 더 큰 자유와 행복을 위한 적립이다.

독서가 숙제처럼
느껴질 때。

'마스다 미리'라는 작가를 좋아한다. 그녀의 글은 그리 무게감이 있지는 않다. 두고두고 곱씹어 읽을 일도 없다. 그저 가볍게 주린 배를 채우기 위해 읽듯, 후루룩 먹어 치운다. 두 번

세 번 읽는 경우도 물론 많지 않다.

책 속 주인공은 표정이 다채롭지도 않고 이야기는 기승전결이 분명하지도 않다. 등장인물도 몇 안 된다. 선을 직직 그어 그린 졸라맨도 더러 있고 내용은 짤막한 대사 한두 줄로 채워진 네 컷에서 여덟 컷 일러스트가 전부다.

책을 쓴 그녀의 소개란도 간소하다.

'오사카 출신 일러스트레이터.'

어느 학교에서 무슨 학문을 전공해 어떤 분야에서 얼마만큼의 권위를 갖췄는지는 없다. 여태껏 쓴 책의 제목을 소개란 아래 실을 뿐이다. 배우의 역량은 필모그래피에서, 작가의 역량은 저서에서 나오듯, 구구절절 작가의 경력을 늘어놓지 않아도 작품 몇 편을 읽어 보면 금방 어떤 모양의 사람이며 어떤 형태의 생각을 하는지 감이 잡힌다.

담담한 소개와 어울리게 그녀의 글과 그림 또한 무언가를 증명하려 하지 않는다. 그저 힘 빼고 자신다운 이야기를 소박하게 써 내려갈 뿐이다. 그녀의 문장은 그녀에게 책임을 묻지 않는다. 그래서 읽는 나도 비평하는 자세로 뜯어 읽지 않는다. 구부정한 자세로 소파에 대충 걸터앉아 읽어도 이 책은 체할 일이 없다.

아무것도 하기 싫은 날이 있다. 독서도 하기 싫고, 글도 쓰기 싫고, 누구를 만나기도 싫고, 운동을 하기도 싫고, 눈이 피곤한 영상을 보기도 싫다. 그럴 때면 각 잡고 공부하듯 읽어야 하는 책에는 영 손이 가지 않는다. 읽고 나면 진이 더 빠질 게 분명하니 말이다.

후루룩 읽어 아무것도 안 남으면 어떤가. 그저 적당히 눈 둘 곳이 필요해 독서를 할 때도 있다. 피로한 육신에 정신적 부담을 주는 독서가 오히려 더 미련하다. 지칠 대로 지쳤는데 인생이 어떻고 철학이 어떻고가 귀에 들어올 리 만무하다.

한 문장 한 문장이 주옥같은 책은 물론 뼈가 되고 살이 된다. 그러나 마음속에 아무것도 남기고 싶지 않을 때는 그마저도 성가시다.

서점을 가니 신간 코너에 그녀의 책이 놓여 있다. 매대에 서서 견본을 들춰 보니 역시나 알맹이가 그리 단단한 책은 아니다. 그녀의 일상, 경험, 스쳐 지나간 인물들의 평범한 이야기가 가볍게 묘사되어 있는 에피소드 묶음이다. 하지만 고민하지 않고 책을 구입했다.

이 책이 꼭 들어맞을 자리가 있을 것이라 확신하고 있다.

쓸데없는 걸
자꾸 살 때。

사람들에게는 저마다 삶에 대한 자신만의 태도와 철학이 있고 가치를 부여하는 각기 다른 요소들이 있다. 이것들이 한데 얽혀진 결과가 '라이프스타일'이다.

영화 〈소공녀〉의 주인공 미소는 하루 한 잔의 위스키, 사랑하는 남자친구, 한 모금의 담배만 있으면 더 바랄 게 없다고 한다. 위스키, 애인, 담배가 그녀의 핵심 가치이자 곧 삶의 방식인 라이프스타일로 귀결된다.

미소의 위스키와 애인, 담배의 격에 견줄만한 나의 핵심 가치는 무엇이고 그것들로 꾸려진 내 삶은 어떤 모습인지 잘 알고 있다면 미소가 그랬듯, 핵심 가치에 해당하지 않는 그 밖의 모두를 회색 처리할 수 있다.

회색 처리를 완벽하게 한 미소는 누가 뭐라든 일단 행복하게 산다. 집이 없고 가사도우미 일을 하지만 개의치 않는다. 회색 처리된 영역은 무엇이 어떻든 아무래도 좋을 만큼 큰 가치를 두지 않기 때문이다.

무엇이 의미 있고 가치 있는지 나의 선호를 명확히 알면, 그 생활에 안정적으로 정착할 수 있다. 나 또한 삶의 각 영역에 미소만큼이나 두드러진 시그니처가 있다. 두드러진 백색 영역에만 인색하게 써도 자원이 언제나 부족하기에 그 밖의 여집합에 여유를 허용할 만큼 자비로울 수가 없다. 낭비와 충동구매는 더는 기억이 나지 않을 만큼 희미한 옛날이야기가 되었다.

내 생활을 알아야 한다. 무엇을 중심으로 생활을 꾸리고 어떤 일들을 하며 가장 많은 시간을 보내는지 알면, 그 시간 속에서 역할이 없는 물건을 사거나 서비스를 이용할 이유가 없다. 낭비가 어떻게 가능한지 궁금해질 만큼 다른 곳에 한 톨의 자원도 쓰고 싶지 않아진다.

마실 것이라곤 커피와 물이 전부인 내가 오렌지 주스와 탄산수를 살 리가 없다. 팟캐스트와 라디오, 귀로 듣는 방송만 소비하는 내게 텔레비전은 공간을 잡아먹는 덩치 큰 쓰레기에 지나지 않는다. 하루 동안 내 손이 스치고 내 발이 닿은 흔적이 잔존하는 모든 물질과 시공간을 유심히 뜯어 보면 그 속에 미소의 담배, 위스키, 애인처럼 나만의 핵심 가치가 보인다. 시간과 돈과 자유를 쓰고 싶은 대상이 수면 위로 떠오른다. 공고하게 뿌리 내린 하루 일과와 생활이 완성되면 낭비, 과소비, 물욕과도 영영 결별하는 날이 온다.

욕심이 너무 많아
양손이 버거울 때。

한 번씩 온라인 장바구니를 열어 보면 결제를 기다리는 상품들이 한두 가지 이상씩 꼭 있다. 잊고 살다 입금을 독촉하는 문자를 받고 그제야 아차 싶었던 순간들이다. 입금 지연으로 자동 취소된 수십 가지의 물건들을 보고 몇 번이나 안도의 한숨을 내쉬었는지 모른다.

별생각 없이 결제 대기를 걸어 놓았을 뿐, 까마득하게 잊고 있었던 물건이 대부분이다. 당시에는 '필요해'를 외치는 자신에게 설득당해 장바구니에 옮겨 담았을 것이다.

대부분의 일은 이렇듯, 시간이 흘러야 이성적으로 상황을 판단할 수 있다. 부아가 치밀어 오를 만큼 부당한 일을 당해도 시간이 흘러 상황을 다시 들여다보면, 단순히 예민했던 나의 태도 탓인 경우도 더러 있다. 불쾌한 일을 당해 불쑥 화를 냈지만, 며칠 지나 곰곰이 생각해 보니, 경솔했던 자신이 떠올라 낯이 뜨거워지는 일도 적지 않다.

쉽고 빠른 결제 과정은 이성적으로 판단하기까지 기다릴 수 없게 한다. 후회한들 이미 돈을 지불했으니 또다시 낭비는 불가피해진다. 물건 구매도 마찬가지다. 당장은 '반드시 사야만 해!'라고 다급하게 외치지만, 실상은 충동적인 욕구에 의한 가짜 필요가 더 많다. 정말 필요한 물건은 '언젠가'로 미룰 수 없다. 느긋하게 필요해지는 물건이라면 언제까지고 없이 살아도 어색하지 않을 물건이다.

구입과 결제 사이 간극이 넓었던 덕에 나는 몇 차례나 아슬아슬하게 낭비의 찰나로부터 무사할 수 있었다. 클릭 몇 번으로 결제가 끝나는 인터넷 뱅킹과 한도 없이 무한정 긁을 수 있는 신용카드가 있었더라면 나의 충동은 전부 현실이 되어 집 안은 아수라장이 되었을 것이다. '필요'를 객관적으로 판단하기 위해 늘 노력하지만 언제나 이것이 흑과 백처럼 명확하지는 않다.

배가 고플 때 마트에 가면 필요 이상으로 물건을 카트 가득 실어 오게 된다. '필요'는 물건이 고파지면 얼마든지 쉽게 부여된다.

이미 필요한 것을 다 가지고 있음에도,

'이 도마가 있으면 야채를 다듬는 시간이 좀 더 수월해질 텐데.'

'예쁜 니트 컵 받침이 있으면 찬 음료를 마셔도 책상이 안 젖을 텐데.'

'바닥에 러그를 깔면 앉아서 책을 읽을 때 엉덩이가 덜 차가울 텐데.'

같은 생각을 불쑥불쑥하게 된다.

물건으로 인해 내 삶이 보다 편안해질 수 있을 것이라는 기대는 늘 있기 마련이다. 물건은 우리 삶을 편리하게 만들기 위해 고안되었으니 틀린 기대도 아니다.

하지만 나는 동시에 나 자신을 잘 알고 있다. 컵 받침은 있어도 매번 세탁하고 관리하려면 뒷정리가 성가시고, 물기는 손수건으로 닦아도 충분하다. 조금 작은 도마를 산들, 그때는 또 널찍한 도마가 필요해질 것이다. 바닥에 러그를 깔면 확실히 엉덩이가 덜 차갑겠지만, 나는 좌식 생활 자체를 좋아하지 않는다.

결국 한두 번 바닥에 앉아 보고, 러그가 반드시 필요한 물건이 되고, 어쩌다 한 번 마시는 찬 음료 때문에 컵 받침이 필요해지고, 평소 잘 먹지 않는 재료들로 요리를 하기 위해 이에 안성맞춤인 아담한 도마를 준비하고 싶어진다.

가급적이면 소유하지 않는 삶을 살고자 노력하지만 안타깝게도 대도시 한가운데 살고 있는 서울 시민이다 보니, 나에게도 성가신 '물욕'은 간간히 찾아온다.

다행히도 이 불청객은 그리 영민하지 못해, 전략적 장치 한두 가지만으로도 금세 자취를 감춘다. 따라서 '결제 대기 상태'는 여러모로 유용하다. '입금 대기 중'인 상태가 오래 지속되면 나는 사전에 나의 욕구를 다시 한번 검토할 수 있다.

소소하게 만들어 놓은 몇 가지 의도적 장치들은 충동구매를 단속하는 데 큰 도움이 된다. 한 번 더 생각할 여지를 제공하는 결제 방식을 취하고, '완료' 단계로 넘어가기 직전, 중간에 넘기 어려운 장애물을 하나둘씩 설치해 놓는 것이다. 정보와 경험 소비도 마찬가지다. 매일같이 SNS에 매몰되어 귀중한 시간을 탕진하고 있다면, 휴대폰에 설치된 앱을 삭제하면 된다. SNS를 열어 보고 싶을 때마다 인터넷에 접속해 아이디와 패스워드를 입력해야 한다면 귀찮아서라도 꼭 필요한 때가 아니면 잘 사용하지 않게 된다.

읽고 싶은 책, 보고 싶은 영화, 유용할 것 같은 기사 또한 예매하고 결제하고 결정하기 전 중간 단계를 한 번 더 거친다. '구매'가 아닌 '북마크'로 보관해, '진짜 필요'를 한 번 더 재고한다. 잊지 않고 확인할 것이라 생각했던 책, 기사, 블로그, 영화는 북마크에 수북하게 쌓이지만 다시 찾게 되는 일은 없었다. 정보와 지식에 대한 욕구도 물욕만큼이나 충동적인 경우가 허다하다.

'언젠가' '나중에' '시간이 나면'을 언급하는 순간 그 정보, 지식, 물건은 이미 제 명을 다한 것이다. 진정한 필요는 결코 '언젠가' '만약에'와 같은 말로 수식될 수 없다.

몇 년을 신중하게 '필요'에 대해 탐구해 보니 '필요'에 가장 걸맞은 수식은 언제나 '지금' '당장' '현재 바로 이 순간'이었다.

잡념으로
마음이 복잡할 때。

사는 공간만큼이나 감정 역시 정기적인 청소와 정돈이 필요
하다. 폐품처럼 쌓인 감정은 마음의 동맥경화를 일으켜 숨이
턱턱 막힐 듯한 우울증을 만든다.

그때그때 감정의 찌꺼기를 청소하자. 쉴 새 없이 돌아가는 머릿속도 휴식이 필요하다. 감정의 잔해들은 기억이 날 때마다 분리수거해야 한다.

꾸준히 마음을 닦아내는 활동으로 글쓰기를 지속해 오고 있다. 몇 년째 신세를 지고 있는 손바닥만 한 작은 몰스킨은 내게 마음의 잔여물을 털어내는 창구이자 지혜를 구하는 학습의 전당이다. 종이를 사이에 두고 대화하듯 떠도는 생각과 감정의 실타래를 하나하나 풀어낸다. 뚜렷하게 전하려는 바가 없어도 쓰다 보면 결론이 맺어지고 남겨야 할 핵심과 미련 없이 버려도 될 군더더기가 보인다. 스치는 생각을 날 것 그대로, 가장 싱싱할 때 수면 위로 건져 올린다. 말문이 막힐 때까지 쉬지 않고 펜을 매개로 종이와 대화를 한다.

쓴 글을 보며 유난히 눈에 띄는 단어, 자주 등장하는 표현, 반복되는 문장은 다시 천천히 읽는다. 스스로의 무의식을 객관적으로 상대하는 내공이 쌓이면 어떤 감정의 풍파가 몰아쳐도 압도되지 않는다. 막연한 기분과 생각을 구체적으로 설명하고 서술할 수 있으면, 감정의 온전한 주인이 된다.

이제는 습관이 되어 쓰지 않는 삶은 상상할 수 없을 정도로 글쓰기는 내게 삶이 되었다. 감정이 쌓일 새 없이 해소되니 늘 마음이 가볍다. 처음 글을 썼을 때와 달리 지금은 종이와 펜을 마주하는 자세가 그리 무겁지도 딱딱하지도 않다. 과격했던 과거의 문장에 비해 지금은 쓴 글을 읽어도 감정이 동요하지 않는다. 하고 싶은 말이 흘러넘쳐 손이 마음의 속도를 따라가지 못해 버거웠던 이전에 비해, 지금은 주제를 정하지 않으면 할 말이 없을 정도로 속이 늘 텅 비어 있다. 의식의 흐름에 따라 쫓기듯 글을 썼던 초창기에 비해 지금은 덤덤하게 앉아 타자의 심정으로 자신에게 조언을 해 주는 지경에 이르렀다.

들끓는 감정의 온도를 삭여가며 토하듯 글을 썼다. 지금은 이성과 감정이 속도를 같이 할 만큼 무의식과 의식 사이에 경계가 없다. 그만큼 나의 내면도 많이 성숙해졌다는 뜻이겠다. 글을 써 왔던 시간이 고스란히 훈련으로 누적되어 마음을 차분히 다스리는 데도 꽤 경력이 쌓였다.

글로 표현하지 않아도 괜찮다. 목소리든 음표든 그림이든 내 생각을 견인하는 장치가 무엇이 되었건 내 마음에 가장 가까이 다가설 수 있으면 된다.

눈에 보이지 않아 소홀하기 쉽지만 우리가 사는 공간만큼이나 내 마음에도 먼지가 쌓인다. 쓸고 닦지 않으면 더러워지고 냄새가 난다. 나는 지금까지 그랬듯 앞으로도 글을 쓸 것이다. 먼지 쌓일 새 없이 매일 광을 내다 보면 문득 습관처럼 걸레를 손에 쥐었을 때 먼지가 묻어 나오지 않는 날이 온다.

종잇장처럼 가벼운 지금의 마음을 언제까지고 지켜내고 싶기 때문에 오늘도 잊지 않고 글을 쓴다. 하루를 마감하는 자리에는 언제나 글을 쓰는 나 자신이 자리한다.

생각도 물건처럼 쓸모없는 것은 차곡차곡 쓰레기통에 담아 버릴 수 있다면 얼마나 좋을까. 몸과 환경은 적극적으로 행동하고 땀을 흘리면 눈에 띄게 정돈이 되지만 마음은 닦아도 얼룩이 바로 지워지지 않는다. 매일 닦아도 어제와 별 차이가 없다.

하지만 자신에게 알맞은 방법으로 내면을 꾸준히 단련해

나가면 조금씩 눈에 띄지 않게 속이 깨끗해진다. 매일 닦아야 했던 속이 이틀에 한 번, 일주일에 한 번, 한 달에 한 번으로 줄어들며 마음 정리가 하루하루 수월해진다.

감정 표현이
어려울 때。

슬픈 영화의 힘을 빌려 울고 싶은 마음을 실컷 표현할 때가 있다. 영화 속 비극적인 결말과 등장인물 간의 가슴 아픈 사연에 소리 내어 엉엉 울고 나면 찌꺼기같이 가라앉아 있던 우울과 상처가 함께 씻겨 내려간다. 무엇 때문에 왜 우는지는 중요하지 않다. 눈물이 이유 없이 아픈 곳을 어루만져 주기도 한다.

뻔한 전개에도, 많이 슬프지 않아도 일부러 들으란 듯 더 크게 소리 내서 운다. 눈과 코가 얼얼해질 정도로 통곡하고 나면 머리가 띵하고 시야는 흐릿하지만 마음만은 개운하다. 우느라 지친 육신 탓인지 머리 한가득 복잡하게 나를 자극하던 잡생각들도 눈물, 콧물과 함께 떠내려간다. 때로는 '눈물' 이 간절하게 필요할 때가 있다.

눈물을 흘리기 위해 가상의 현실에 의존해야 할 만큼 우리는 자신의 감정을 속이는 데 익숙해졌다. 감정 앞에 무감각해져 기뻐도 웃음이 나지 않고 슬퍼도 울음을 터뜨릴 수 없게 되었다. 하지만 누적된 내적 마찰은 얕잡아 볼 수 없다. 감정과 행동의 끊임없는 투쟁에 지치면 자신에게는 물론이고 소중한 주변에도 사사건건 시비를 거는 불만 덩어리가 된다.

감정을 쌓아 놓지 않고 표현하는 것은 매우 중요하다. 과거

독자 중 한 사람이 내게 무의식적으로 욕을 하는 습관이 있다며 고충을 토로한 적이 있다. 늘 그렇지는 않으나 감정이 욱하고 올라오거나 지치고 힘들 때 불쑥불쑥 욕을 한다고.

나는 감정 표현에 솔직하지 못한 사람의 대표주자로서 그녀가 부러웠다. 자기감정을 직감하고 그대로 표출할 수 있는 건 스트레스를 쌓아 놓지 않을 수 있는 가장 좋은 방법이다. 그 감정의 형태가 기쁨이든, 우울이든, 감동이든, 슬픔이든 있는 그대로 꺼내서 표현하는 법을 자꾸 훈련해야 한다. 속 시원하게 감정을 분출할 수 있는 창구가 욕이 될 수 있다면 오히려 더 크게 개운해질 때까지 내지르라고 말하고 싶다. 타인을 향해 있지만 않다면 욕은 또 다른 하나의 감정 표현에 지나지 않을 뿐이다.

어느 텔레비전 프로그램의 방송 사고가 기억에 남는다. 생방송 도중에 웃음이 터져 버린 출연자와 진행자는 안간힘을 쓰며 자신의 감정을 추슬렀다. 그 모습이 어찌나 처절하던지 우스우면서도 '고생 많으십니다'라는 말이 절로 나왔다. 별 탈 없이 일단락되어 지금은 유쾌한 해프닝으로 회자되지만,

당시 진행자는 방송 도중과 직후에 진땀을 뺐다고 한다. 윗선의 꾸중은 물론이고 괴로웠던 생방송 당시를 생각하면, 지금도 이마에 식은땀이 맺힌다고.

만약 진행자와 패널 두 사람 모두 속 시원하게 한바탕 웃고 넘어갔다면, 의외로 큰 소동이 일어날 일은 없었을지도 모른다. 억압하고 제압해도 한번 터진 웃음은 쉽사리 멈추지 않는다. 흐르기 시작한 눈물은 작은 자극에도 더 강하게 반응할 뿐이다.

진정한 사내란 살면서 세 번 운다고 한다. 하지만 일평생 단 세 번만 눈물을 흘리는 남자는 전혀 매력적이지 않다. 나는 오히려 내 앞에서 속절없이 무너지는 남자에게 더 강한 애정을 느낀다. 어깨를 들썩이며 우는 남자는 위로하고 다독여 줄 필요가 있다. 내가 곁에 있어 다행인 사람은 나 없이도 한없이 씩씩한 사람보다 사랑할 이유가 더 많으니 말이다.

그래서 나는 앞으로 울보가 되기로 했다. 웃음도 헤프게 쓰려고 한다. 새어 나오는 웃음을 살을 꼬집어 가며 억누르지 않고 흐르는 눈물을 무력으로 제압하지도 않는다. 자신의 감정 앞에서 무장 해제된 순간이야말로 호감이 사랑으로 발전할 수 있는 고마운 틈이기도 하니까.

리액션에
오류 났을 때。

무조건적인 솔직함은 관계에 독이 된다. 관계를 기름지고 건강하게 유지하는 건 선택적 진솔함이다.

같은 이야기에도 여러 가지 반응을 보일 수 있다. 나의 진심을 속이지 않으면서 상대의 마음에도 흠집을 내지 않을 대답을 고민하니 내가 고를 수 있는 선택지는 생각보다 스펙트럼이 넓다.

매 순간 솔직함을 앞세워 대화에 찬물을 끼얹는다면 그 대화는 솔직함 외에는 아무것도 남지 않게 된다. 누군가의 험담을 하는 친구에게도 반응하는 방법은 여러 가지다. 욕하는 대상을 함께 헐뜯을까? 그것도 아니면, 뒷말하는 친구에게 불편한 대화는 그만두자고 꾸중을 할까. 정답은 제3의 선택지다. 같이 욕을 하지도 않고 친구에게 무안을 주지도 않으면서 대화의 톤을 밝게 바꿀 선택지.

"너 참 많이 힘들었겠구나."
"사회생활을 하더니 어른스러워졌어."

지칠 대로 지친 친구에게 필요했던 것은 욕보다는 위로일지도 모른다. 맞장구치며 편들어 주자니 내 마음이 불편하고, 불편한 심정을 직접적으로 내비치자니 아무런 도움도 안 될 것 같고. 나의 진솔함도 지키고 친구의 아픔도 어루만져 줄 수 있는 제3의 대안이 선택적 진솔함이다.

대화의 유능한 참여자는 스스로를 속이지 않으며 진솔함을 지킨다. 수만 가지 대답 가운데 나는 어떤 선택을 할 것인가, 이를 결정하기 전에 언제나 웃으면서 헤어질 수 있는 끝맺음을 고려한다. 쓸데없이 친절할 필요는 없지만 쓸데없이 날카로울 필요는 더 없다. 거짓말을 하지 않으면서도 상대의 비위를 맞출 수 있다. 과한 솔직함으로 상대의 마음에 상처를 내기보다 내 마음을 불편하게 하지 않는 선에서 적당히 듣기 좋은 말을 골라 하는 건 어떨지.

#때가_되었다

퇴사하고
싶을 때。

수당 없는 야근과 잔업, 공휴일 주말 구분 없는 근무 일정, 불
안정한 수입, 소속감의 결여, 막중한 부담, 홀로 떠안아야 하
는 실패의 책임, 일과 삶의 희미한 경계······.

당신이 회사를 나와 프리랜서가 되면 맞닥뜨려야 할 현실이다.

그런데도 프리랜서를 해야 할 이유?

무한대의 자유, 침해받지 않는 결정권과 창조력, 탄력적인 업무 시간, 액수에 상관없는 높은 만족도, 상상이 현실이 되고 현실이 수입으로 연결되는 짜릿함, 부서와 지위가 아닌 석자 이름으로 소개하는 나만의 비즈니스…….

이 둘은 서로 맞물려 있다. 하지 말아야 하는 이유가 누군가에게는 해야만 하는 이유가 되고, 누군가에게 매력적으로 느껴지는 요소가 또 다른 누구에게는 기피해야 할 이유로 작용하기도 한다.

회사가 싫다는 이유만으로 사직서를 쓴다면 당신은 불행한 백수밖에 더 되지 않는다. 머지않아 더 큰 불안을 안고 초조하게 이직처를 알아보게 될 것이다.

나는 내가 가진 재능을 낭비하지 않기 위해 프리랜서로 일을 하고 있지, 회사가 싫어서 프리랜서를 하고 있지 않다. 하고자 하는 일의 강한 부름만이 퇴사를 결정한다.

소속된 직업인에 적합한 사람이 있고, 스스로가 고용주가 되어야 할 사람이 따로 있다. 사람들은 저마다 다르게 태어났다. 이불 속을 뭉개며 주말 휴일을 보낼 수 있어 행복한 사람이 있는가 하면 안주와 게으름을 견디지 못하는 사람도 있다. 자기관리가 숨 쉬는 것처럼 자연스러운 사람도 있고, 순간의 쾌락을 더 높이 사는 사람도 있다.

지시가 있어 안정감을 느끼는 사람도 있고, 납득하지 못하면 행동할 수 없는 사람도 있다. 매달 일정하게 들어오는 급여가 일과 신념의 일치보다 더 중요한 사람도 있고, 가치와 의미를 결여한다면 안정성이 보장된 어떤 고수입 직장도 마다할 수밖에 없는 사람도 있다.

창조와 배움이 삶에 큰 비중을 차지하지 않는 사람도 있고, 배움과 성장에 늘 목마른 사람도 있다. 출근과 퇴근이 삶과 일을 구분하는 고마운 경계가 되는 사람도 있고, 타인이 만든 규율과 지시를 견딜 수 없는 사람도 있다. 아무것도 정해진 게 없다는 사실이 설레고 흥분되는 사람도 있지만, 불확실성을 달가워하지 않는 사람도 있다.

불행한 백수가 되지 않으려면 자신에게 협조적인 생태계를 알아야 한다. 한두 달 휴직을 놓고도 마음이 갈팡질팡 갈대밭이 된다면 당신은 소속되었기에 더 행복할 수 있는 사람일지도 모른다. 자유를 불안한 무료함으로 받아들이는 당신은 퇴사에 적합한 사람이 아니다. 무한대의 무료함을 온몸으로 반길 수 있는 사람이라면 회사라는 울타리를 벗어나도 행복할 수 있다.

억압과 자유는 종이 한 장 차이다. 회사가 있기에 회사 밖의 공간을 마음 편히 즐길 수 있고, 출근의 압박이 있기에 퇴근 후 자유가 더 달게 다가오기도 한다. 출퇴근이 없는 삶은 휴식과 업무의 경계도 희미하고, 직장과 집의 구분도 없다. 다시 말해, 언제 어디에서도 일로부터 자유롭지 못하다.

퇴사의 동기가 도망치고 싶은 마음이 되어서는 안 된다. 하고자 하는 일이 분명해 재직의 공백을 알차게 쓸 수 있을 때가 사표를 써야 할 알맞은 때다. 주어진 자유를 책임감 있게 쓸 자신이 없다면 괜한 호기를 부리지 않기 바란다.

어떤 선택을 하던 내가 가진 장점과 능력치를 극대화할 수 있는 쪽에 베팅을 걸어야 아까운 나의 재능이 무용지물이 되지 않는다.

막연한 동경 자체는 나쁘지 않다. 하지만 부러운 마음 하나로 덜컥 일을 벌이고 나면 동경은 재앙이 될 수도 있다.

단란한 가정을 꾸리며 사는 것만으로 행복할 수 있는 사람이 있듯, 나를 기다리는 사람과 조직이 있다는 사실에 안심하는 사람도 있다. 일을 벌이는 것에 재능이 있는 사람이 있고, 일어나고 있는 일을 유지하는 것에 재능이 있는 사람이 있다. 과학을 잘하는 사람과 그림을 잘 그리는 사람만큼 둘은 분야가 다르다.

좋아하는 일을 하는 것보다 자신이 잘하는 일을 하는 게 더 행복하다. 운이 좋으면 좋아하는 일을 잘하기까지 하지만 불행히도 모든 사람이 그렇지는 못하다.

물론, 좋아하는 일을 잘하기 위한 노력을 마다하라는 건 아니다. 하지만 그 일을 잘하게 되기 전까지 회사라는 안전한 울타리에 머무르자.

또 좋아하는 일을 잘하려고 애쓰다 안 되면, 언제든 방향을 틀어 잘하는 일을 좋아해 볼 수도 있음을 기억하자. 사실, 더 빨리 행복할 수 있는 길은 후자에 가깝다.

시간 낭비로
느껴질 때。

내가 하는 모든 행동과 선택이 경제적 효율과 생산성으로 이어지진 않는다. 나는 물을 마시고 꽃을 보고 아름다운 자연 속을 걷지만, 돈 한 푼 받지 않는다. 그럼에도 풍요롭고 건강한 삶을 위해 기꺼이 이 모든 일을 지속한다. 생산성은 오직 '돈'이라는 단위 한 가지만으로 환산되지 않는다.

일본어를 배우기 시작했을 때 사람들은 내게 '왜?'라는 질문을 많이 했다. '번역 없이 책을 읽고 싶어서'라고 하니 그들은 고개를 갸우뚱했다. '한자가 좋아서'라고 덧붙이니 여전히 원하는 답을 얻지 못한 듯 어색한 미소가 되돌아왔다. 내가 마치 속에 다른 본심을 감추고 있기라도 한 듯, 거듭 왜 생뚱맞게 일본어를 인제 와서 배우냐며 물었다.

일본어를 공부해서 그곳에서 일을 구하거나 더 나은 미래를 도모하거나 뭔가 내 삶에 경제적 도움이 되어야만 그 언어를 공부하는 이유로 정당해질 수 있는 걸까. 사용 인구를 놓고 언어의 가치를 저울질한다면, 만사 제쳐 두고 영어와 중국어에 매진해야만 나는 경제적으로 현명한 판단을 한 것이겠지.

나는 일본어를 경제적 부의 수단으로 배우지 않는다. 개인적 욕망과 행복을 위해 배운다. 일본어를 배우며 그들의 문화,

역사, 사유 방식, 문학을 더 가까이에서 이해하고 들을 수 있었고 덕분에 이 나라를 속속들이 알아차리는 데 큰 도움을 받았다. 학문적 호기심을 해소하는 데 언어는 큰 역할을 했다.

더군다나, 상상조차 일본어로 하겠다고 마음먹으니 그 언어를 구사할 때마다 나는 완벽하게 다른 사람이 되었다. 표정도 목소리도 억양도 생각하는 방식마저 조금씩 달랐으니 또하나의 자아를 가지게 되었다. 언어 학습이 아니었다면 어디에서도 할 수 없을 귀중한 경험이었다.

학문, 취미, 스포츠 등 배움의 불꽃을 태우는 영역이 무엇이 되었건, 좋아하는 마음 그 자체만으로도 충분히 시작해야할 타당한 이유가 된다.

인도네시아, 네덜란드, 스웨덴이 영어가 통하는 나라라고해서 그 나라 모국어의 가치가 낮아지지 않는다. 그들이 영어를 잘하는 건 고마운 일이지만 그것이 내가 그들의 언어를 배우지 말아야 할 이유는 아니다.

그렇기에 나는 언어적 리듬감에 매혹되어 이탈리아어를 배우고 곡선 문자가 매력적이라는 이유로 타이어를 배우고 호라티우스, 호메로스, 그리스로마 문명의 원전을 읽고 싶어 라틴어를 배우는 사람의 심정을 이해한다.

내가 매일같이 행하는 많은 일은 1원 한 닢의 경제적 이익으로도 이어지지 않는다. 그래도 나는 영화관에 가고, 전시회를 관람하고, 외국어를 공부하고, 산책을 하고, 커피를 마신다. 왜냐하면 이 일들은 내 영혼과 정신을 기름지게 해 주고 이해의 폭을 넓혀 주며 삶을 활력 있게 유지시켜 주기 때문이다. 뜨거운 열정을 품은 많은 일을 직업화하지 못했지만 그럼에도 나는 '덕질'을 계속한다.

일본어가 되었든, 라틴어가 되었든, 이제 더 쓰이지 않는 고대 상형 문자가 되었든, 나의 학문적 호기심과 배움의 열정이 향하는 곳이라면 중국어만큼 사용 인구가 많지 않아도, 사용 국가가 선진국이 아니더라도 주저하지 않고 배운다.

경제적 가치를 창출하지 못해도 이러한 배움은 지적 가치,

정서적 가치, 인문적 가치 등을 느끼게 하며 건조한 숫자 배의 이익을 창출한다. 누구 하나 내게 월급을 주지 않지만 그 사실이 나의 취미와 즐거움에 의심을 품게 하지 않는다.

'덕질'이 업이 될 수도 있다. 하지만 '업'에 갇혀 좋아하는 일을 포기하지는 말자. 내가 하는 모든 일에 의미를 부여하고 주위의 납득과 승인을 구할 필요는 없다. 좋아하는 그 마음과 느끼는 기쁨과 즐거움이 지속해야 할 더 정당한 이유다.

그리고 또 혹시 아는가. 여러 가지 배움으로 풍요롭게 다져진 나의 과거와 현재가 모여 미래의 경제적 이익으로 이어질지.

2장

마음에 숨통을
트이고 싶다면

자존감이
낮을 때。

자기애, 즉 나를 사랑하는 힘은 삶의 여러 분야를 막론하고 개인의 정신을 건강하게 유지하는 기초 자재다. 자기애가 부족하면 자존감이 낮고, 자존감이 낮으면 타인의 마음에도 쉽게 흠집을 낸다. 스스로를 돌보는 데도 서툴러 직업적인 성공을 쌓는 데도 건강한 인생을 사는 데도 장애를 겪는다.

서점에서 쉽게 마주할 수 있는 자존감에 관한 자기계발서 또한 공통된 하나의 메시지를 담고 있다. '희생보다 나부터 돌보자'는 일관된 결론이다. 이 수천 권의 책들은 모두 자기애의 중요성을 다시 한번 강조한다.

자기계발서를 다 정독할 필요도 없이 자기애를 완성하는 핵심은 하나다. 바로 '봉사'다.

타인의 삶에 기여한 긍정은 나를 사랑해야 할 이유를 수없이 많이 부여한다. 봉사는 얼핏 보아서 매우 이타적인 행위 같지만 그 어떤 행동보다 내 개인적 행복에 큰 역할을 하는 지극히 이기적인 행동이다. 자식이 있는 부모들이 자신의 삶을 쉽게 포기할 수 없는 이유가 여기에 있으며, 타지로 봉사를 떠난 유명 연예인들이 그 시간 동안 누구보다 자신이 더 큰 위로를 받았다고 인터뷰에서 수없이 많이 언급하는 이유 또한 여기에 있다. 삶이 아무리 버겁고 힘들어도 나를 필요로

하는 존재가 있으면 쉬이 생명을 저버릴 수도, 막살아 갈 수
도 없다.

　자존감 결여의 가장 큰 원인은 스스로가 아무짝에도 쓸모
없는 사람이라는 생각에서 비롯된다. 살아야 할 이유가 불분
명할 때는 아름다운 외모도 산더미 같은 재산도 아무 소용이
없다. 자살에까지 이르게 하는 우울증도 사실 출발점은 모두
자기애의 부족이다. 나를 충분히 사랑하는 사람은 사랑하는
자신을 포기하지 않는다.

　강인한 정신력부터 생명까지 책임지는 나를 사랑하는 힘
은, 스스로가 충분히 가치 있는 사람이라는 믿음은 쉽게 먹
어지는 마음이 아니다. '나는 가치 있어' '나는 중요해' '나는
꼭 필요한 사람이야' 주문을 걸고 밤마다 자신을 다독인들
그 기반이 될 명확한 이유가 없으면 믿음에는 또 다시 불신
이 싹튼다.

　수백 번 주문을 걸어도 먹어지지 않던 나를 사랑하는 마음
이 나를 넘어 더 많은 사람들에게 가치를 나누기 시작하니 서

서히 먹어진다. 나로 인해 누군가의 삶이 긍정적으로 변했거나 타인의 행복에 조금이라도 기여했다면 단 한 사람에게라도 나는 꼭 필요한 존재가 된다. 이는 나를 지탱하는 가장 확실한 이유가 된다.

이처럼 봉사와 기여는 나를 가치 있는 사람, 필요한 사람, 중요한 사람으로 만든다.

유니세프, 월드비전에 가입해 매달 수십만 원씩 기부하는 것만이 봉사가 아니다. 먼 타국으로 떠날수록, 힘 들이고 많은 돈을 쓴다고 봉사의 질이 높아지는 것도 아니다. 타인의 삶에 어떤 방식으로든 긍정적으로 기여한다면 이 모두는 봉사가 된다.

나 또한 살아야 할 이유가 불분명했던 시절, 자존감이 가장 낮았다. 주위에 나를 필요로 하는 사람은 아무도 없었다. 나는 아무런 역할도 쓰임도 없는 사람이었다. 내게 가장 가깝고 소중했던 사람들에게조차 있으나 마나 한 존재였다. 나를 아끼고 사랑하는 사람들에게조차 짐이 된다는 생각은 나를 더 강하게 미워할 이유만 주었다.

　그 시절 나는 나밖에 몰랐다. 진정으로 나를 위해 사는 것이 무엇인지도 모른 채 온통 자신을 소비하며 살았다. 나를 위해 산다고 자부했지만 나는 사실 그 누구보다 자신에게 가혹했다. 못해서, 더 뛰어나지 않아서, 더 빨리 갈 수 없었기에 꾸짖고 원망하고 미워해야할 이유를 끝도 없이 만들었다.

　텅 빈 자존감을 더 많은 '나'로 채우려 했다. 나를 위해 돈을 쓰고 능력과 재능으로 콧대를 높였지만 그럴수록 자존감은 점점 더 낮아졌다. 무리에서 돋보이기 위해 화려하게 치장하고 목소리를 키우고 부족한 사람을 깔보고 하대했다. 그렇게 하면 내가 돋보이고 우월해진다 믿었다.

　깊어져 가는 결여된 자존감을 채우기 위해 인사불성이 될 때까지 술을 마시고, 단발적인 만남으로 정신을 소모하고, 밤늦게 몸에 해로운 음식을 먹었다. 스스로의 힘으로 가치를 찾을 수 없었기에, 나는 내게 충분히 소중한 사람이 아니었기에 나를 방치하고 함부로 대했다. 나는 나를 사랑하지 않았기에 나를 망가뜨리면서도 다음 날이면 또 같은 못난 짓을 했다.

나를 위해 사는 것은 중요하다. 하지만 삶을 오직 나로만 채우는 것이 올바른 방법은 아니다. '나'로 채울 수 있는 마음의 여유는 한계가 있다. 나머지는 타인과 사회, 세상을 위한 자리다. 나를 위해 살고 싶다면 역설적이게도 타인을 위해야 한다. 자존감은 애석하게도 오로지 타인을 돕는 행위로만 채워진다.

세상을 향해 조금씩 긍정적인 기여를 하며 살기 시작했다. 전기를 아껴 쓰고 산지 음식을 적극적으로 찾아 소비하고 글을 쓰면서도 타인의 삶에 도움을 줄 수 없을까 고민했다. 선택할 수 있다면 시민 사회에 대한 비전을 가진 기업의 제품을 구매하고, 일회용 휴지 대신 손수건으로 손을 닦고 테이크아웃 컵 대신 텀블러를 사용했다. 날이 맑으면 유난히도 파란 저 하늘에 나의 노력도 조금은 묻어 있지 않은가 자부심이 생겼다. 이렇게 나의 행복과 열정, 세상으로의 기여, 세 가지의 접점을 찾아가며 나에게는 알 수 없는 힘이 생겼다.

대단한 일을 하지도, 나라를 구하지도, 죽은 사람을 살리지도 않았는데 이 세상이 나로 인해 조금이라도 더 아름다워졌다는 생각 하나가 삶을 조금 더 열심히 치열하게 살아야 할 이유를 자꾸 들이민다.

자신을 존중할 수 없다면 스스로를 존중하고 싶은 이유가 왜 없는지 물어야 한다. 주위에 나를 필요로 하는 사람이 아무도 없다면 세상이 말하는 부와 명예를 거머쥐어도 공허할 뿐이다. 자신을 위해 돈을 쓰고 박학한 지식으로 무장한들, 시야에 온통 나뿐이라면 그 누구도 당신의 업적을 높이 사지 않는다. 딛고 있는 땅이 모두 비옥해야 더 많은 기름진 토양을 밟고 살아갈 수 있다.

타인을 귀히 여기면 그 사람에게도 나는 귀한 사람이 된다. 세상을 소중히 대하면 나 역시 세상에 꼭 필요한 존재가 된다. 나를 사랑하는 힘이 부족하다면 힘들어하는 타인을 찾아보자. 그리고 그들을 위해 할 수 있는 작은 행동부터 실천해보자.

봉사는 자존감 형성의 기본이자 자기애의 뿌리이다. 자존감이 부족하다면 그동안 치열하게 자기 자신에게만 매달려 산 건 아닌지 질문해 봐야 한다. 자신만을 보고 달린 인생은 결코 당신을 가치 있는 사람으로 만들지 않는다.

성공한 삶이란 은행 잔고에 쌓인 숫자로 매겨진 순위가 좌우하지 않는다. 내 죽음 앞에서 슬퍼할 사람들의 눈물, 나를 그리워할 사람들이 결정한다. 더 많은 사람의 마음속에 오래도록 남을 사람이 더 풍요로운 인생을 산 것이다.

취미가 업이 되는 과정도 다르지 않다. 홀로 즐기던 일을 다수의 즐거움으로 확장하면 취미는 업이 된다.

타인을 더 사랑할 필요는 없다. 그들의 삶을 내 삶보다 소중히 여길 필요도 없다. 그러나 분명한 건 타인의 삶을 기름지게 만들수록 내 삶도 함께 더 기름져진다는 사실이다.

내가 글을 쓰는 이유도 이 같은 믿음에 기반한다. 투자한 시간에 비해 경제적 보상이 미비할지라도 글쓰기를 포기할 수 없는 이유는 이것이 단 한 사람에게라도 긍정적 기여를 한다는 강한 믿음이 있기 때문이다. 남들보다 자비롭고 이타심이 강해서가 아니다. 나는 그 누구보다 나를 아끼고 사랑하고 싶으며 그 누구의 삶보다 내 삶을 우선시하는 이기적인 사람이기 때문이다.

누군가의 삶에 기여하는 바를 최고로 치는 사람은 다시 말해 자신을 사랑하는 마음이 가장 강한 사람이며, 이 세상 누구보다 이기적인 사람이다. 그들은 행복하고자 하는 욕망이 강한 사람이다. 행복으로 가는 가장 확실한 방법을 일찍이 깨우친 현명한 사람이기도 하다.

감정적 허기에
허덕일 때。

무언가를 잔뜩 먹고 난 다음 날이면 유난히 공복감이 더 극심하다. 먹은 음식을 소화하기 위해 밤새 열을 올리며 장기가 일을 했으니 연료 부족인 몸이 배고픔을 호소하는 건 당연하다. 반면, 공복으로 잠이 들면 이상하게도 다음 날 크게 허기가 지지 않는다. 이상할 정도로 입맛이 없어 아침 식사를 가볍게 건너뛰기도 한다.

무엇을 어떻게 더할까를 고민하기 이전에, 무엇을 덜고 줄일 수 있을까를 생각하면 문제 해결에 새 지평이 열린다. 더 많은 경우 우리 삶에 보다 유용한 수식은 플러스가 아닌 '마이너스'다.

적어서 행복했던 순간은 누구나 있다. 스케치북 한 권으로 제국을 건설해 온종일 오빠와 전쟁게임을 했던 유년 시절의 기억, 비 오는 날 좋아하는 남자에게 우산이 없으니 역까지 바래다 달라고 용기를 낼 수 있었던 경험, 간소한 짐 덕분에 어수선한 수화물 검색대를 유유히 홀로 빠져나갔던 순간, 없어서 가볍고 자유로웠던 바로 그 자리.

우리는 뺄셈의 수식을 너무 오랫동안 잊어버렸다. 과거에는 의도와 상관없이 뺄셈이 생활 속 어디에나 자리했다. 전기가 없으니 해가 뜨면 일을 하고 지면 잠자리에 들어야 했다.

땅이 얼고 가지가 앙상해지면 노동하던 손을 멈추고 한 계절 동면하며 쉬어 가야 했다. 지금은 여름, 겨울 상관없이 사계절 내내 귤과 수박을 먹을 수 있다. 우리 땅에서 나지 않는 아보카도, 바나나, 드래곤후르츠는 국산 과일만큼 손쉽게 구할 수 있다. 해의 존재감 앞에 콧방귀라도 뀌듯 밤이 깊어갈수록 도시는 더 밝고 화려하게 날뛴다.

물론, 행복해지기 위해 더해야 할 것도 많다. 나 역시 있어서 감사한 것들이 많다. 밥을 고슬고슬하게 맛있게 지어 주는 전기밥솥, 빵을 간편하게 구워 주는 토스트기, 고민이 있다는 전화 한 통에 하던 일을 내려놓고 가만히 귀 기울여 주는 친구들, 무얼 하건 무한한 지지를 보내주는 가족, 지붕이 있는 따뜻한 집, 가치를 공유하는 사람들을 빠르고 편리하게 연결해 주는 인터넷이라는 오작교, 이 모든 것들이 더해졌기에 내 삶이 풍요롭고 안락할 수 있다.

하지만 많으면 많을수록 정답이라는 믿음에 사로잡혀 더하기에만 급급해진다. 그러다 보면 내 삶을 유용하고 풍요롭게 가꿔 주는 소중한 것들이 더는 감사하지도, 대하는 태도가 충실해지지도 않는다.

나는 지난 몇 년간 삶을 지탱하는 핵심 수식으로 '뺄셈'에 더 큰 비중을 두었다. 20년 이상 주도권을 내어 주었던 덧셈을 잠시 깊숙한 곳에 감춰 두고 운전석에 뺄셈을 앉혀 삶을 운영했다. 그러자 가히 그 몇 년은 살아 온 어떤 날들보다 내게 많은 깨달음을 주었다. 덧셈만 존재하던 삶에는 보이지 않던 지혜, 통찰, 본질이 보였고 삶 곳곳에는 변화의 바람이 불었다.

결핍을 겪어 보니 있어서 소중한 것들의 존재감이 너무도 컸다. 작은 것에도 매일같이 고개 숙이며 감사하는 마음이 생겨났다. 욕망으로 변질되었던 열정은 성장의 동력으로 제자리를 찾아 갔고 유용한 도구는 유용한 만큼 삶에 이로운 역할을 하는 데만 똑똑하게 사용할 수 있게 되었다.

이제 비움은 내게 삶이 되었다. 나는 지금도 매일같이 묻는다. 사용하는 시간과 돈, 지니고 있는 감정과 생각, 보관하는 물건과 정보, 허용하는 관계와 열망, 무엇이 되었건 이 모두는 내 삶에 가치 있는 역할을 하는가? 그렇지 않으면 비워 낸다. 목적 없이 공간, 시간, 체력과 마음의 여유를 앗아 가며 삶을 탁하게 만드는 무언가가 있다면 찾아서 떠나보낸다.

비움, 뺄셈의 수식이 삶의 모든 난제를 요술처럼 해결하지는 못한다. 하지만 이 두 가지가 적절하게 밸런스를 갖춘 삶이 아닌 어느 하나만 존재하는 삶이라면 그 역시 결코 건강한 삶이 아니며 행복할 수 없다. 책상, 냉장고, 자전거, 프라이팬, 그릇은 유용한 도구이지 사는 공간의 주인이 아니다. 돈은 쾌적하고 자유로운 삶을 살게 해 줄 고마운 수단이지 섬겨야 할 대상은 아니다. 소비하지 않으며 살 수는 없지만 소비밖에 하지 않는 삶은 너무도 공허하다.

부피를 줄이려는 욕심이 앞서 물을 부으면 크기는 줄어들지 몰라도 무게는 더 가중된다. 더하고 곱하며 문제를 해결할 수도 있지만 나누고 덜어내며 해답을 찾을 수도 있다. 시끄럽고 부산스러운 주변 공기가 나를 괴롭힌다면 공기를 바꾸려고 애쓸 수도 있지만, 그 장소를 떠나 버릴 수도 있다.

줄이고 없애고 통일하고 단일화하면 삶을 이루는 각 분야의 과정과 결과 모두 긍정의 변화가 생긴다. 복잡함은 단순화하고, 생산과 아웃풋으로 소비와 인풋의 밸런스를 유지하고, 산재된 출처와 선택지는 하나의 좁고 튼튼한 카테고리에 모아 담는다.

없이도 살아 보고 불편하게도 살아 보는 게 삶의 또 다른 재미가 아닐까 싶다. 애초에 밥 한 끼 못 먹어서 굶어 죽는 시대는 고릿적 옛이야기가 되지 않았나.

채우는 건 쉽고 저렴해 누구나 할 수 있지만, 비우는 건 용기와 행동과 결의가 필요하기에 아무나 하지 못하는 일이다. 남들 다 손쉽게 하는 일 말고 나만이 해낼 수 있는 일, 그리고 그 일들로 삶을 채워 가는 것. 나눗셈과 뺄셈은 건조하고 텁텁한 삶에 달짝지근한 양념 같은 역할을 해 주는 고마운 존재가 아닐까.

사람 사귀기
어려울 때。

나는 뼛속까지 내향적인 사람이다. 혼자 있는 시간 동안 정신
과 영혼을 치유한다. 혼자의 시간을 지켜내야만 함께의 시간
을 더 의미 있고 풍성하게 보낸다.

자라면서 내향적인 나의 성격이 교류에 걸림돌이 된다는 생각을 많이 했다. 어릴 적부터 나는 주목을 싫어하고 낯선 환경과 삶에 거부감이 심한 아이였다. 집이 아닌 공간에서 먹은 음식은 전부 게워 낼 만큼 친숙하지 않은 모든 것에 대해 몸은 격하게 반응했다. 학년이 올라갈 때면 흔히 하는 자기소개 시간조차 내게는 공포였다.

청소년기 대부분을 다국적 학우들이 재학하는 국제학교에서 보냈다. 학교는 쉽지 않았다. 대중 앞 연설은 자연스러운 것이었고 교과목 대부분이 토론과 조별 과제로 이루어진 서구식 교육은 체질적으로 맞지 않았다. 논쟁과 설득에 뛰어난 아이가 있는가 하면, 홀로 생각에 잠기며 학습하는 아이도 있기 마련이다. 하지만 도서관과 책을 좋아하는 아이들은 친해지고 싶은 매력적인 타입은 아니었다.

공부도, 교우 관계도, 무엇 하나 평탄하지 않았다. 마음을 열고 친해지는 데 긴 시간이 필요했으나 그 시간을 인내하고 기다려 주는 사람은 많지 않았다.

목소리 크고 자기주장 강한 아이들 틈바구니에서 늘 주눅이 들어 있었고, 설상가상 미숙한 언어마저 약점이 되어 나의 자신감을 발목 잡았다. 외딴 섬에 온 듯 불편한 자리를 지키는 날이 늘어 갔다.

그 시절 나는 자신을 많이 미워했다. 당시 내향과 외향에 대한 구분도 정의도 없었거니와 내향적인 성격이 가진 장점을 어떻게 찾는지도 몰랐다. 찾으려는 노력도 하지 않았다. 그저 적극적이지 못한 내 성격에 문제가 있다고만 생각했다. 친구 하나 사귀지 못하는 나의 무능력을 원망했다.

내향성이 얼마나 잠재된 장점이 많은 성향인지 몰랐다. 아무도 내게 가르쳐 주는 사람이 없었다. 내가 가진 고유의 자질과 성격을 개발하고 연마할 여유는 없었다. 나를 포함한 주변에서는 온통 내게 목소리를 크게 내라고, 말을 좀 활달하게 하라고 눈만 흘겼다. 학교를 그만둘 생각이 아니라면 순진한 기대나 환상은 품지 말자고 마음먹었다. 피한다고 나를 숨겨 주고 신경 쓰고 위로해 줄 곳은 어디에도 없었다. 먼저 손 내밀지 않으면 다가와 주는 사람은 없었다. 내가 달라지지 않으면 나는 영영 제자리였다.

조금씩 생각을 고치기 시작했고 행동을 달리했다. 환경에
적응하기 위해 외향성을 기술처럼 익혔다. 손을 들고 적극적
으로 나섰고, 목소리를 키우고 과감하고 뻔뻔하게 행동했다.
친구 하자 손 내밀고, 친해지자 얼굴에 철판을 깔고 달려들
고, 말을 재미있게 하기 위해 연습했다.

나의 타고난 성격을 뼛속까지 부정했다. 가면을 쓰고 살았
던 게 아니라 피부처럼 느껴지게 가면을 이식했다. 손발을 부
들부들 떨면서도 이를 악물고 발표하고 토론에 임했다. 아무
렇지 않은 척 연습하고 또 연습했다.

얼마 지나지 않아 학교생활은 점점 쉬워졌다. 날 때부터
사교적이었던 것처럼 자연스러워졌다. 사람 사귀는 일도 익
숙해지고 활발하게 교내외 활동을 하며 주위는 늘 사람으로
가득 찼다. 생일 파티, 크리스마스 파티, 댄스 파티, 파티란
파티는 다 참가했고 방학이며 주말에는 항상 친구들과 함께
했다. 어느새 나는 엉뚱한 이야기로 수업 시간에 반 전체를

웃음바다로 만들기도 하고 선생님들과 농담을 주고받고 처음 본 사람과도 깔깔거리며 대화를 나눌 만큼 대외적인 사람이 되었다.

흐르는 물에 씻겨 내려가듯 둥글둥글해졌다. 우스갯소리에 까르르 웃는 친구들을 보며 안도했다. 즐겁거나 행복하기보다 이만하면 되었다고 안심하며 살았다. 하루하루 버티며 살면서 즐겁고 편하다고 주문을 걸며 숨을 쉬었다.

학교생활이 잘 기억 나지 않는다. 악착같이 사느라 기억에 남기고 싶은 좋고 따뜻한 추억을 쌓지 못했다. 기억은 고맙게도 알아서 그런 과거를 지웠다.

약에 취한 듯 다른 사람이 되어 5~6년을 보냈다. 적당히 꾸미고 둘러대는 게 아닌 아예 다른 사람이 되었다. 나를 위한 자리는 한 번도 내어 주지 못했다. 지쳐서 만신창이가 된 스스로에게 그것밖에 못 하느냐고 더 하라고, 생각하지 말고 지금처럼 그냥 살라고 배려 없는 말을 했다.

7년을 연습했지만, 나는 여전히 뿌리 깊은 내향인이었다. 내향적인 나의 성격은 어디에도 가지 않았다. 8년간 지독히 부정했지만, 분투했던 그 시절이 무심하게 나의 성격은 조금도 변하지 않았다. 여전히 사람과의 만남은 피로감을 양산했고, 조용하고 정적인 활동에서 즐거움을 얻었으며, 낯선 사람과는 말을 섞고 싶지 않았다. 어느 누구와 함께한 시간보다 혼자 보낸 시간이 만족감이 높았다.

대학에 들어와 뒤늦게 억눌렸던 감정이 풍파가 되어 휘몰아쳤다. 나의 성격을 질문하고 가치를 회의해야 했다. 과거를 옆에 데려와 앉혀 놓고 어린 내게는 한 번도 기울이지 못한 귀를 매일 기울였다. 남들에게 보이고 싶은 모습이 아닌 내가 행복한 나의 모습을 찾아갔다. 그간의 공백을 메우려는 듯 나의 내향성은 지독하게 불타올랐다.

조금씩 그렇게 말 없고 혼자를 좋아하던 열한 살 성격의 원형으로 돌아갔다. 풍부한 내면세계를 가진 예민하고 생각 많은 자신을 좋아하기 시작했다. 혼자의 시간을 아낌없이 가지며 나를 지켜 냈다. 지난날의 어린 나에게 속죄하는 마음으로 매 순간 나를 우선시하며 존중했다.

　외향적 기질을 열심히 겉에 바르면 행복한 외향인이 될 줄 알았다. 애쓰고 버둥대 봤자 나는 짝퉁이었다. 생각 없이 행복을 좇으면 나는 어김없이 내향적인 사람이 되었다. 나는 영원한 내향인이었다. 8년간 부정하고 숨기느라 급급했던 내향성은 긴 시간이 무색하게 고삐를 풀자마자 터져 나왔다. 지독하게 혼자가 되면 될수록, 사람과 거리를 두면 둘수록, 외로움보다 평온함이 더 크게 다가왔다. 내향적인 나는 호응이 재미나지도 않고 청중을 휘어잡는 화려한 언변도, 배를 잡는 유머 감각도, 누구와도 쉽게 친해지는 붙임성도 없지만 사람들은 나를 여전히 좋아해 주었다. 지독히도 내향적인 나를 사람들은 그대로 좋아했다. 내향적인 나는 장점이 많은 사람이었다.

　누구든 부족한 점과 뛰어난 점을 동시에 가지고 있다. 다수에 강한 사람이 있는가 하면 일대일 만남에 소질이 있는 사람도 있다. 잠재력과 재능은 무시한 채 스스로에게 없는 부분에만 늘 눈이 가 있다면 나는 언제나 부족하고 열등한 사람일 수밖에 없다.

외향성은 관계의 대단한 메리트가 아니며 내향성 역시 치명적인 핸디캡이 아니다. 성향에 상관없이 모두 인간관계에 스트레스를 받고 풀리지 않는 사람과의 관계로 씨름한다. 내향성을 버리기 위해 노력을 쏟기보다 어울리기 좋은 사람이 되기 위해 애쓰니 더 성적이 좋다. 맹수의 발톱도 훌륭한 무기가 되지만 카멜레온의 변장술 역시 뛰어난 생존 무기다.

내가 가지고 태어난 무기를 개발하는 데 몰입하니 비록 발톱은 없으나 백 번이면 백 번 모두 사냥에 성공하는 유능한 사냥꾼이 된다.

내향성을 한 줌도 버리지 않고 그대로 발현하며 대학 생활을 마무리 지었다. 하지만 나는 외톨이가 되지 않았다. 오히려 평생을 함께할 소중한 인연을 여럿 얻은 고마운 시간이 되었다.

세상의 질서는 아직까지 '함께'에 더 많은 방점이 찍혀 있다. 사회가 이렇다 보니 관계의 폭이 좁은 내향인들은 초조함을 더 많이 느낀다. 하지만 어울려 살아가는 이 세계의 질서가 '함께'를 더 많이 요구할수록 내가 자신의 베스트가 되어 '함께'에 임할 수 있게 꼭 맞는 옷을 입어야 한다. 어울림이 아닌 빛나는 나 자신으로 살아가는 것에 중심이 가 있기를 바란다. 불필요한 어울림을 강요하지 않되 마음의 문만은 언제나 활짝 열어 놓는 것으로도 충분하다.

어린 시절 나는 외향과 내향에 선을 긋고 무엇이 정답이고 무엇이 고쳐야 할 결점인지 검열하고 심문했다. 외향적인 사고를 강요하는 서구 세계를 경멸했지만 사실 그 세계는 나를 더없이 다채로운 사람으로 빚어 준 양질의 환경이기도 했다. 어디에서도 돈 주고 살 수 없는 언어적 자산을 선물해 준 고마운 과거이기도 했다.

외향적이지 않았기에 학교생활이 힘들었다. 하지만 그것이 전부는 아니었다. 무엇보다 학교생활이 힘들 수밖에 없었던 이유는 내가 나를 미워했기 때문이다. 언제까지고 내 편이 되어 주어야 할 자신조차 외면했기에 힘들었던 것이다. 나조차 나와 친해지려 하지 않는데 그 누가 내게 다가와 친구 하자 할 수 있었을까. 나는 나를 충분히 사랑하고 인정하지 않았기에 그 마음이 가시가 되어 가까이하기 힘든 사람이 되었다.

친구들은 있는 그대로의 내 모습도 참 좋다고 해 주었다. 믿고 의지할 수 있는 많은 친구가 언제나 내 곁을 지켜주었다. 그리고 그들과 나 사이를 끈끈하게 이어 준 고리는 내향성도 외향성도 아니었다.

어릴 적 나를 괴롭혔던 건 외향성도 내향성도 학교도 선생도 그 무엇도 누구도 아닌 나 자신이었다. 나의 내향성이 결점이 되었던 이유는 서구의 외향적 환경이 아닌 내가 나의 내향성을 미워했기 때문이다. 크고 보니 내향성만큼 나를 강력하게 지지하는 믿음직한 지지대가 없다. 가꾸고 아껴 보니 내향성은 온통 매력적인 장점뿐이다.

유행처럼 '인싸' 열풍이 불고 있다. 나는 동경의 각도가 조금 다르다. 내 동경의 각도는 파워 인싸도, 핵인싸도 아닌 '좋은 친구'에 기울어져 있다. 그리고 곁에 사람을 모으는 인싸의 진짜 저력 또한 '좋은 친구'라고 확신하고 있다.

영혼의 단짝을
찾을 때。

좋은 친구의 더 중한 조건을 언제나 뒷전으로 밀어내는 고약한 원흉이 바로 '관심사의 일치'라는 환상이다.

취향과 성격을 공유하면 쉽게 친구가 될 수 있다. 그러나 이것이 단단한 우정을 결정하는 필수 조건은 아니다.

인복 하나는 타고났다고 자부할 만큼 나는 대들보 같은 친구들을 가졌다. 그리고 그들 가운데 나와 취미와 성격을 공유하는 이는 한 명도 없다. 직업도, 관심사도, 신념도, 라이프스타일도, 그리는 미래상도 모두 제각각이다.

이 사실이 그들과 나 사이의 관계를 의심하게 하냐고? 단언할 수 있는데 서로 다른 것을 좋아한다는 사실은 단 한 번도 내게 문제가 된 적이 없다. 오히려 해가 쌓일수록 그들을 향한 고마움과 애정은 더 각별해지고 있다. 정반대의 길을 걸어가도 이로 인해 우리 관계에 금이 갈 일은 없다.

우리가 좋은 친구가 될 수 있었던 이유는 기호와 취미를 같이해서가 아니다. 그들이 내게 소중한 이유는 함께하면 나를 귀한 존재로 만들어 주기 때문이다. 서로의 삶에 없어선 안될 중요한 존재이기에 그 사실이 우리 사이를 튼튼하게 연결한다.

취향과 관심사를 공유하는 운명 같은 상대가 있을지라도, 그에게 내가 중요하지 않으면 공통분모가 많은 남에 지나지 않는다. 친구가 되기 위해서는 서로를 아끼고 위하는 마음이 있어야 한다.

그 마음은 다름을 이해와 수용으로 감싸고, 강요와 마찰보다 응원과 관심을 더 많이 양산한다. 많은 것을 공유하지 않으니 우리는 늘 서로를 향해 질문이 많다. 바라보는 시선이 다른 만큼 조언을 구하면 진귀한 답변이 돌아온다. 흥취가 좁은 내게 그들은 늘 새로움을 가르쳐 주고, 타협 없는 나의 신념에 절충과 유연성을 권한다. 너무도 다른 우리는 웃을 일도 신기해할 일도 많다. 음과 양처럼 각자의 부족함을 잘 보완하며 서로가 서로의 방패와 창이 되어 주기도 한다.

하지만 한 가지만큼은 변하지 않고 의견을 같이한다. 무엇을 좋아하고 어떤 방식으로 어떻게 살아가건 서로의 행복을 응원하고 아픔을 슬퍼하고 시련을 감싸 주고 성공을 축복한다.

비슷한 취향과 기호를 동기로 관계를 맺은 친구는 상황과 여건이 변하면 언제든 등을 돌릴 수 있다. 하지만 '나'라는 인간을 친구로 삼은 사람은 세상에서 가장 기이한 기호를 가져도 언제까지고 내 옆을 떠나지 않는다.

관심사의 일치라는 판타지에서 벗어나자. 내 삶을 풍요롭게 만들 진짜 좋은 친구는 어떤 모습을 하고 언제 어떻게 나타날지 아무것도 예상할 수 없다. 쌍둥이처럼 닮은 모습을 할 수도 있고, 머리부터 발끝까지 무엇 하나 비슷한 점이 없을 수도 있다.

하지만 나를 진심으로 위해 주고 좋아해 주는 사람을 만난다면 그 마음을 절대 헛되이 하지 말자. 취향과 기호와 성격을 공유하는 사람은 언제든 만날 수 있지만, 혼신을 다해 나를 지지해 주는 친구를 만나기란 정말이지 하늘의 별을 따는 일보다 쉽지 않다.

환경을
바꾸고 싶을 때。

자국의 가혹한 평판과 달리 사실 우리나라는 세계적으로도 열 손가락에 꼽히는 부유하고 안전한 나라다. 지구촌 리더 역할을 하는 OECD 가입국이고, 전 세계를 무대로 활약하는 공룡 브랜드를 몇씩 가졌다. 지금 이 시각에도 우리나라의 시민이 되기 위해 자신이 가진 전부를 내건 사람들이 적지 않다.

여기저기 손보고 고쳐야 할 기스 난 사회의 이면들은 분명있지만, 그럼에도 자유와 행복을 법으로 보장하는 민주주의국가이고, 번만큼 내 몫으로 챙겨 내 행복에만 이기적으로 쏟아부어도 누구도 간섭하지 않는 자유 시장을 제공한다. 이가가능하고 또 성공적으로 운영되는 나라는 지구상에 몇 되지않으며, 또 이것이 가능해지기까지 긴 세월 동안 우리 조상들은 피 흘려 싸워야 했다.

대한민국은 결코 완벽한 국가가 아니다. 정책, 제도, 조직과 정부도 아직 부족한 점이 많다. 우리보다 앞서 산업화를이룬 국가들은 고민하고 시도하고 다듬어 낼 여유가 많았으니 당연 모든 면에서 우리를 웃돌 것이다. 그럼에도 불구하고나는 다른 나라가 부러웠던 순간보다 대한민국 국민이기에자랑스럽다고 자신할 수 있었던 순간이 훨씬 더 많다.

중국에서 7년, 일본에서 1년, 유년 시절 대부분을 서구식 교육 환경에서, 살아온 날의 삼분의 일을 국가의 품 밖에서 보냈지만 항상 마음 한편에는 내 나라를 향한 그리움이 있었다. 해외 생활이 체질에 맞고 안 맞고를 떠나 내 나라 밖에서의 삶은 안보다 거세고 고달프다. 타지 생활에서 외지인의 고성방가는 자국민들보다 더 큰 미움을 받기 마련이고, 같이 소리를 지르면 손을 들어주는 건 언제나 내 쪽이 아닌 나라의 주인들이다. 익숙해질 대로 익숙해져도 구청을 한 번 다녀오면 손님이라는 나의 신분은 더 공고해질 뿐이다. 온당한 처우일지라도 이 사실은 늘 나를 조금씩 더 외롭게 만들었다.

해외 생활에는 득과 실 모두가 존재하지만, 그 시간을 성공적으로 끝마치고 싶다면 내 나라의 실을 메워 줄 기대보다 가고자 하는 나라의 '득'에 오직 초점이 맞춰져 있어야 한다.

국가가 나의 번영과 발전, 행복을 발목 잡는 주된 원인이라면 당신이 성공할 수 있는 나라는 세상에 몇 되지 않는다. 어떤 나라를 가도 같은 이유로 당신은 그 나라가 자신에게 해 줄 수 없었던 일들을 늘어놓으며 불만할 것이다.

자신의 실패와 정체의 원인을 '국가'에 돌리면 나는 꼼짝없이 국가에 종속된 존재가 된다. 정치인들을 욕한다고 내 행복의 부피가 늘어나지 않듯, 나의 성장은 국가보다 개인이 더 깊이 관여한다. 원망하고 불만하고 고민할지라도 가성비 높은 결과로 이어질 곳에 힘을 쏟아야 한다.

잦고 긴 해외 생활을 해 왔고 지금도 진행 중이지만 이곳은 단 한 번도 내게 도피처가 아니었다. 학습의 터전이자 성장의 발판이며, 풍요로운 인간이 될 배움의 초석이자 내 나라의 보탬이 될 자원이었다. '이것밖에 못 해줘?'라는 마음으로 도망치듯 뛰쳐나오기보다 무섭게 성장해 금의환향할 모습을 상상하며 벅찬 가슴을 안고 여정에 올랐다. 비행기에 오르는 순간에도, 돌아오는 순간에도 똑같이 설레었고 변함없이 감사했다.

해외 생활을 결심하는 동기가 그 나라의 문화적·학문적 호기심이라면 언제가 되었든 떠나서 해가 될 건 없다. 하지만 혹여라도 내 몫이 되어야 할 노력을 국가와 정부가 대신해 주길 바라는 믿음으로 해외를 선택한다면 단언할 수 있는데 그

곳에서의 삶은 결코 지금과 다를 게 없다. 또 경험해 봐서 알지만 잘난 나라일수록 노력하지 않는 개인은 더 철저하게 외면하더라.

한 게 없어
허무해질 때。

삶에 불편이 개입되면 생활은 의외로 우아해진다. 집에 있는 소파는 안락하지만 그 안락함은 독이 되어 게으름을 자극하는 주범이 되어 버리기도 한다.

딱딱한 나무 의자는 분명 마냥 편치만은 않다. 그러나 부지 런함과 성실함을 빚어내며 놓인 과제 앞 집중하게 한다. 학교 교실의 책걸상은 아늑함과는 거리가 있지만 가장 반짝이는 시절 우리들은 빼곡한 12년을 반나절씩 매일 이 자리에 앉아 무던히 시간을 보냈다. 적당한 불편은 우리 삶에 생략되어선 안 될 미덕이다.

어느 순간부터 '집'이라는 공간은 오직 안락함만이 강조되 고 있다. 나 역시 집을 채워 나갈 시기, 가구와 물건을 구입할 때 항시 편안함을 우선시했다. 쿠션은 푹신하고 등받이는 높 이 조절이 되어 세상 편한 포즈로 누울 수 있는 의자, 헐렁한 품에 각이 잡히지 않는 소재의 의복, 앉은 자리에서 꼼짝하지 않아도 모든 일이 해결되는 사정거리 안의 생활 배치.

일이 없는 날 일찌감치 눈을 떠도 좀처럼 이 구름 위에 떠 있는 듯한 몽롱함을 내려놓을 수가 없어 몸이 축축 처진다. 앉 은 자리의 안락함에 취해 팔다리는 단단히 묶여 버렸다.

글을 쓰기 위해 종종 집 앞 5분 거리의 녹지로 향한다. 공원이나 공동 부대시설이 으레 그렇듯, 집과 같은 친절함은 없다. 앉을 자리라고 해 봤자 운 좋으면 등받이 있는 벤치 정도, 더 많은 경우 딱딱한 너럭바위만 퉁명스럽게 있는 곳도 허다하다. 그러나 이곳에만 오면 나는 좋든 싫든 결과물이 만족스럽든 형편없든 어찌 되었든 글을 쓴다. 마른 천장만 멍하니 바라보던 집과 달리 춥고 불친절한 공원에서는 어떻게든 몇 자 쓰고 자리를 비우게 된다. 불빛이라고는 침침한 가로등이 전부, 책상도 없어 무릎을 받침대 삼아 써야 하고, 흔한 벤치조차 없는 경우에는 시소 위에 걸터앉아 어깨를 움츠려야 하는 부실한 시설이다. 그럼에도 불구하고 이 공간에는 낯선 불편이 주는 묘한 해방감이 있다. 적은 생활감, 부재중인 사람의 흔적, 친절하지 않은 설비가 오히려 사고와 마음을 더 자유롭게 열어 준다.

요즘은 아침에 일어나 외출할 일이 없어도 가장 먼저 바지를 갈아입는다. 풀을 잔뜩 먹은 뻣뻣한 소재의 데님이다. 탄성 좋은 취침용 이너웨어를 포기하고 하의만 갈아입었을 뿐인데 행동하는 나 자신에게는 새로운 마음가짐이 생긴다. 바지는 하나의 건강한 감시자가 되어 나의 생활을 긴장감 있게 조여 준다. 허리가 꽉 조이는 바지춤 탓에 입이 심심하다는 이유로 간식을 집어 먹을 수도 없다.

카페나 도서관에 가면 유독 작업과 공부에 탄력이 붙는다. 음악, 조명, 커피 향기…… 이유야 여러 가지 있겠지만, 그 가운데서도 공공장소가 주는 공적 공간의 역할이 크다. 주변인들의 눈과 귀가 적절한 자극이 되어 스스로의 행동과 자세를 규제한다. 피해 의식을 똑똑하게 활용하면 이는 발전의 양분이 된다.

안락함뿐인 삶은 불행으로 종결된다. 따뜻하고 포근한 온기에 의지하기 시작하면 감기에 걸리지도 않지만, 배움도 성장도 성취도 없다. 바람이 살짝만 불어도 금방 병에 걸리는 허약한 몸이 되어 약간의 추위와 시련에도 쉽게 무너지는 나약한 사람으로 살아가야 한다.

안락함은 움직임을 앗아 가고 움직임을 잃은 삶은 생기 또한 앗아 간다. 반면 땀 냄새 진한 삶은 포근하고 따뜻하지 않아도 운동력이 충만하다.

낯선 나라로의 삶을 결심했던 결정적인 이유 역시 편안해지고 싶지 않아서였다. 타지에서의 삶은 무엇 하나 쉬운 게 없지만 바쁜 탓에 매너리즘이 비집고 들어올 틈 또한 없다. 불편하고 어려워도 이 삶은 언제나 매력적이다.

결핍되고 결여된 삶 속에 지혜와 성장이 있었듯, 불편하고 경직된 생활과 공간은 나를 반듯하고 단정하게 한다. 공원까지 가기 위해 자전거를 정비하고 외투를 걸치고 머리를 빗고 손수건과 휴지를 챙겼다. 불편은 손이 많이 가지만 나는 그 덕에 준비하고 행동했다.

돌이켜 보면 불편했던 순간에 자리했던 나 자신은 성숙했고 자랑스러웠다. 소파에 기대앉아 따뜻한 담요 속을 뭉개는 나 자신은 안락하지만 결코 매일 보고 싶은 풍경은 아니다. 직접 차려 먹는 밥은 성가시고 수고롭지만 외식과 인스턴트보다 건강한 것처럼 삶의 질을 높이는 많은 요소는 불편이 모여 만들어 낸다. 가까이서 보면 결코 매력적이지 않지만 불편으로 완성된 결과물에는 더 큰 행복이 있다. 잠깐의 안락함은 후회와 자책이 되어 불행으로 끝을 맺는다.

성장을 일구는 건 도구와 시설이 아닌 임하는 나의 자세이 듯, 딱딱한 의자와 밋밋한 테이블은 오직 나의 능력과 노력 한 가지밖에 의지할 게 없음을 절실하게 자각하게 한다. 이 귀한 마음가짐을 빚어 주는 불편한 나무 의자와 불친절한 테 이블은 사실 어떤 친절하고 값비싼 도구들보다 감사해야 할 일이 더 많은 유용한 도구다.

이제 나는 집에서 더는 안락함을 추구하지 않는다. 편리하 고 유용한 인터넷과도, 마냥 편하기만 한 복장과도, 근육 한 줌 쓸 필요 없는 자세와도 차차 거리를 두고 있다. 생활의 8할 이 집에서 이루어지는 만큼 이곳에서 어떤 시간을 어떻게 보 내는가는 내 삶의 질적 성적표와 직결된다.

작게 불편했던 오늘들 사이로 더 행복한 미래의 내가 반짝 인다. 불편 끝에는 언제나 설레는 성장이 있다.

목표 달성에
자꾸만 실패할 때。

새해가 밝으면 흔히들 세우는 신년 계획이나 버킷리스트, 이
루고 싶은 위시리스트는 내게 없다. 그 대신 줄이고 싶은 열
가지와 더하고 싶은 열 가지를 나열해 본다. 줄이고 싶은 열

가지는 플라스틱, 육식, 건강에 대한 집착, 과일, 찬 음료, 안주(安住), 무채색, 실용주의, 말, 표현이다. 더하고 싶은 열 가지는 휴식, 만남, 녹황색 야채, 소비, 요리, 칭찬, 꽃, 술, 가족, 사진이다. 보편성도 대중성도 없는 지극히 사사로운 개인적인 리스트다.

새해 벽두가 밝았다고 요술처럼 없던 의지력과 행동력이 생겨나지 않는다. 1월 1일에 대단한 마법이 있어 작년 한 해 동안 지속 못 한 일들이 이루어지는 것도 아니다.

다만, 아주 가까운 곳에서 나의 평상시 생활과 행동 양식을 바라보며 1밀리미터의 크기로 몸의 각도를 조금 틀어 위치를 바꾸는 건 쉽다. 내게 이 스무 가지의 플러스와 마이너스는 딱 1밀리미터 정도의 마찰이다.

의식적으로 행복에 젖는 순간, 아차 하고 카메라를 꺼내 들었고, 부모님 생신과 결혼기념일은 캘린더에 알람을 맞춰 놓았다. 이 목록을 작성하며 나는 방 한 편에 놓인 꽃병을 몇 번이나 바라봤다. 시들기 전에 새 꽃을 사서 꽂아야지 다짐하며 또 눈을 여러 번 맞추었다. 오늘 하루 무슨 칭찬으로 누구의 기분을 좋게 해 주었나 떠올렸고, 장을 볼 때는 바구니에 빨강과 초록을 담았는지 잊지 않고 확인했다. 자판기에서는 블랙커피 대신 라테를 뽑아 마셨고, 구립 도서관까지 가는 길에 쓸쓸한 원두 탄내가 아닌 달달한 커피 향을 즐길 수 있어 기뻤다. 실과 득을 계산하기보다 좋은 기분을 위한 선택을 조금씩 앞세웠다. 이 1밀리미터의 변화된 행동과 결정은 모두 하나씩 천천히 각인된 스무 가지 목록의 힘이다.

새해가 되면 완벽히 다른 사람이 되어야 한다는 가혹한 결심을 하기보다 작년 한 해 수고할 대로 수고한 자신의 등을 토닥토닥 말없이 두드려 보자. 그리고 새해에는 조금 더 천천히 느슨히 걸어 보자는 말을 건네는 건 어떨까.

어제보다 더 나은 오늘의 나를 꿈꾸는 마음은 물론 있다. 하지만 나은 오늘을 만들어 내기 위해 대찬 계획으로 A4용지 한 장을 가득 채우기보다, 어제의 나에서 고개만 살짝 돌려도 만들어 낼 수 있는 작은 변화를 이어 붙인다.

그리고 1년 뒤 땅속에 묻어 두었던 보물 상자를 발견하듯, 1밀리미터씩 매일 소심하게 돌렸던 고개와 작게 움직였던 발길이 큰 성장으로 발효되어, 기분 좋은 놀라움을 선사해 줄 것이다.

장대한 버킷리스트 대신 더하고 싶은 열 가지와 줄이고 싶은 열 가지 리스트를 만들어 보자. 소심하고 하찮은 변화도 촘촘하게 쌓이면 성대한 성장과 성취로 이어진다.

느닷없이
초조할 때。

낙천적인 성격을 타고나진 못했지만, 그래도 대체로 밝고 즐
거운 무드를 유지한다. 늘 자연을 가까이하려는 나의 시도가
이 같은 결과에 큰 역할을 했다고 생각한다.

일주일에 이틀 정도는 샤워가 아닌 뜨끈한 물에 몸을 담그는 목욕을 한다. 고요하고 따뜻한 물속으로 들어가면 정체되었던 감각이 하나둘 되돌아온다. 데워진 몸의 열기가 도미노가 되어 정신과 마음에도 닿는다. 반 시간 정도만 몸을 담그고 있어도 서서히 육체의 외피에서 심장이 있는 내부까지 온기가 퍼진다.

인간은 본질적으로 물과 가까운 생물이다. 우리가 태어난 엄마의 자궁은 양수로 채워져 있다. 그래서 인간은 물속에 있을 때 안락함을 느낀다. 도심 속에서는 물을 가까이하기가 좀처럼 쉽지 않다. 이렇게라도 별도의 목욕 시간을 가지며 사소하게라도 물을 곁에 둔다.

태초의 생태 환경은 무시할 게 못 된다. 하늘을 올려다보고 햇볕을 쬐고 자연 속을 걷고 물속에서 일정 시간을 보내는 일을 어떤 중대사보다 우선시해야 한다.

우울하고 몸은 무겁고 경미한 두통마저 있었던 날은 대부분 집 밖을 한 발자국도 나서지 않고 모니터 앞에서 일만 했던 날들이었다.

아무리 바빠도 하루 30분은 자연 속을 걷는다. 공원이든, 운동장이든, 고수부지든, 하다못해 집 근처 놀이터라도 들러 녹음을 보고 바람을 느끼고 물 냄새를 맡고 빛을 받으며 잠깐이라도 시간을 보낸다. 빛과 바람은 음식 이상으로 중요한 에너지 공급원이다. 우리가 먹는 농작물도 태양 에너지를 주식으로 먹고 자란다. 우리의 본능은 흙과 구름, 꽃과 나무에 더 친근하게 반응하지 시멘트, 아스팔트, 철골, 플라스틱과 친하지 않다. 장시간 인공 구조물에 노출된 몸은 스트레스 호르몬을 마구 배출한다.

고층 빌딩 틈바구니와 포장된 도로 위에서 살아가는 바쁜 도시인들은 자연을 가까이하기가 현실적으로 쉽지 않다. 그래서 여유가 닿는 대로 놓치지 않고 자연을 소비해야 한다. 흙을 밟을 여건이 안 되면 꽃이 핀 주택가라도 걷자. 울창한 숲길을 산책할 수 없다면, 건물 안에서라도 파란 하늘을 시야에 가득 담을 수 있는 위치에 자리를 잡자.

하루 한 번 알람을 맞춰 놓고 하늘을 올려다봤는지, 햇빛을 충분히 받았는지 두 가지만 확인해도 마음의 숨통이 트인다.

지금 사는 곳은 넓지 않으나 공간 한 면 전체가 커다란 창으로 되어 있다. 아침이면 금빛 햇살이 방 전체로 여지없이 쏟아진다. 햇빛 샤워를 하며 아침을 먹는 시간은 하루 중 가장 좋아하는 시간이다.

이곳으로 이사를 온 뒤로 나는 이상하게 오래 자지 않아도 늘 기운이 넘친다. 전에 살던 곳은 하루 아홉 시간, 길게는 열 시간을 자도 자리에서 일어나기 위해 사투를 벌여야 했다. 그 집은 벽이 창을 가로막고 있어 대낮에도 어두컴컴했다.

새로 이사한 집에서는 아무리 늦게 자도 어김없이 아침 7시면 큰 힘 들이지 않고 눈을 뜬다. 뒤척임도 없고, 전처럼 기상에 버퍼링이 걸리지도 않는다.

그 대부분의 공을 나는 넓은 창과 채광에 돌리고 싶다. 그 밖에도 빨랫감을 바싹하게 잘 말려 주는 것은 물론, 해가 긴 여름에는 전기세도 아껴 주니, 여러 가지로 햇빛에 많은 신세를 지고 있는 것은 확실하다.

거절하기
어려울 때。

언젠가부터 재고 따지는 게 지쳐 마음속에 작게라도 불편이
싹튼 일은 전부 하지 않는 쪽을 택하게 되었다. 헷갈리는 일
은 하지 않고, 고민되는 자리는 가지 않는다. 주저하는 마음

은 모조리 거절의 신호로 읽어 뜻하지 않게 'NO'가 일상이 되었다. 응하는 일이 몇 없다 보니 체력과 시간이 늘 푸짐하게 남아돌아, 선택한 몇 안 되는 일에 더 전력을 다할 수 있게 되었다. '진짜 하고 싶은 일'을 구별하기도 쉬워졌다.

많은 일을 하지 않아도 선택한 한 가지만큼은 책임지고 똑부러지게 해내니 오히려 전보다 더 믿음직스러운 사람이 되었다. 두터운 신뢰를 쌓는 건 'YES'보다 'NO'가 더 입김이 세다.

지금까지 많은 일을 거절하고 잘라내고 단념했지만, 이로 인해 곤란했던 적은 없다. 누군가가 나의 선택으로 인해 곤란을 겪었다면 잘못은 언제나 그들의 과분했던 요구였다. 면전에 대고 그 누구도 나의 선택을 비난하지 않았다. 주변으로부터 비공식적으로 미움을 살 수는 있으나 이는 내가 관여할 수 있는 영역이 아니니 고려 대상도 아니다.

거절을 하건 승낙을 하건 선택은 나의 몫이다. 제안을 한 사람은 두 가지 선택지 모두에 가능성을 걸어 둔다. 상대가 어느 한 쪽에 기대감을 더 걸더라도 사적인 그의 기대치에 부응해야 할 의무는 없다. 하지만 일단 선택을 했다면 결정에 책임을 다해야 할 의무는 있다.

나를 1순위로 내세우건 타인을 1순위로 내세우건, 나의 선택을 공개적으로 비난할 사람은 없다. 그러나 선택한 바에 최선을 다하지 않으면 당신은 비판의 도마 위에 오를 것이다. 쓴소리를 듣고 평판은 추락할 것이고 마음속에는 원망과 후회의 화살이 잔뜩 꽂힐 것이다.

최선을 다하고 싶어지는 일만 선택하자. 새하얗게 전의를 불태워도 체력이 털끝만큼도 아깝지 않은 일만 까다롭게 골라서 하자. 진짜 이기심은 이 일 저 일 생각 없이 받아들여 놓고 죽을상을 하고 건성으로 자리만 지키는 무책임이다. 내키지 않는 일을 정중하게 거절하는 것은 민폐가 되지 않기 위한 배려다. 좋은 평판을 유지하고 싶다면 더 적극적으로 하고 싶지 않은 일을 분명하게 밝혀야 한다.

사람들은 소신대로 행동하는 사람보다 스스로 내린 결정에 책임을 다하지 않는 사람을 더 미워한다. 거절을 밥 먹듯

하는 사람보다 거절하지 못한 이유를 남 탓으로 돌리는 사람이 더 큰 원성을 산다.

거절로 인해 받을 상대의 상처가 걱정된다면 하고 싶지 않은 일을 하며 내내 울상일 자신부터 가엾이 여겨 보자.

이타적인 선택을 하건 이기적인 선택을 하건 둘 다 동등하게 주관적인 내 의사다. 강요받지 않았으니 헤아려 줄 것을 요구할 수도 없다. 베푼 이타심에 걸맞은 보상이 돌아오지 않는다고 한들, 그 누구도 당신의 억울함을 동정하지 않는다. 기회가 두 번 주어지지도 않는다.

나를 제쳐 놓고 누군가를 위한 선택을 한다면, 그 선택에는 아무런 기대도 없어야 한다. 나의 주관적인 이타심에 타인이 응해야 할 이유는 없다. 나를 제쳐 놓고 누군가를 위한 선택을 할 때는 돌려받을 실망과 좌절도 함께 감수해야 한다.

선택하기 전에는 이기심이 부정적으로 작용하지 않지만, 선택 이후에는 불평불만이 용납되지 않는다. 선택의 자유를 누렸으니, 선택에 따른 후회와 원망의 몫도 내 것이다.

어떤 선택을 하건 후회와 책망의 크기를 최소화할 선택을 하면 된다. 그래야 나의 선택을 놓고 주변이 왈가왈부하지 않는다.

결혼이
고민될 때。

사람마다 홍수와 지진을 대비하는 방식이 다르듯, 불안한 미래를 위해 준비하는 비책도 저마다 다 다를 것이다. 배우자가 아니더라도 '함께'를 약속할 친구, 여차하면 나의 처음과 끝을 안전하게 책임져 줄 새로운 국가를 찾아 떠날 수도 있다. 실업과 경기불황 걱정 없이 평생 할 수 있는 직업을 개발할 수도 있고 연금이나 땅, 주택에 투자해 나만의 노후 안전망을 구축할 수도 있다.

결혼이라면 앞뒤 따지지 않고 질색팔색할 필요도 없지만, 결혼하지 않으면 삶의 기반이 모두 무너질 거라는 우려 또한 할 필요가 전혀 없다. 나는 두 가지 모두 하지 않지만 평화롭게 잘 살아가고 있다. 독신주의를 표방하지도 않고, 결혼을 열렬하게 옹호하지도 않는다. 어느 쪽도 아닌 삶을 그저 흘러가는대로 내버려 두자는 흘러주의자다.

마음 맞는 사람이 생기면 만나 사랑하고, 그 관계가 깊어지면 더 많은 시간을 함께 약속하고 싶어지니 이때 '결혼'은 하나의 유용한 툴이 된다. 사랑한다는 이유만으로 나라에서는 혜택도 주고 감세도 해 주고 가족 구성원을 늘리면 보조금도 준다. 연인에서 '보호자'로 신분이 승격되면 행정 처리도 보다 수월하다. 그렇기에 결혼을 선택한다. 어디까지나 동거인의 신분보다는 '배우자'의 신분이 여러모로 누릴 수 있는 권리가 다양하니 말이다.

　좁고 냄새나는 어두컴컴한 골방에서 노쇠한 몸을 힘겹게 가누며 텔레비전 앞에 공허하게 앉아 고독사만을 기다리는 암울한 미래상을 떠올리며 '이 암흑 같은 미래에서 벗어나는 길은 오직 결혼뿐이야'라며 자신에게 맞지도 않는 결혼이라는 옷에 억지로 몸을 욱여넣기보다 폼 나게 늙어 좋은 소문 자자한 노인으로 살아갈 인생 제2막을 생각하며 열심히 달려가는 건 어떤가. 하루하루 최선을 다해 살다 어느 날 누군가와 눈이 맞아 결혼해 아이를 낳고 노년의 시나리오가 바뀐다면 그건 그대로 또 좋다.

　지금은 명실상부 너도 나도 인정하는 국민 MC로 자리 잡았지만, 유재석은 무명 시절이 길었다. 그리고 긴 무명 시절 그는 열 밤 중 아홉 밤은 고민하고 걱정하고 불안해하며 보냈다고 한다. 모처럼 방송 출연의 기회가 손에 떨어져도 대본을 공부하기보다는 벌어지지도 않은 내일의 실수를 걱정하며 날밤을 지새웠다고 한다. 그렇게 정작 숙지해야 할 대본은 한 자도 제대로 읽지 않아 귀중한 방송이 허사로 돌아간 일이 수

두룩하게 많았다고 한다.

고민은 아무런 결과도 가져오지 않는다. 내가 우려하는 커다란 실수를 가장 안전하게 막아 주는 건 걱정보다 연습이다. 불투명한 미래가 나를 괴롭힌다면 하루하루 노력해 조금씩 덜 불투명하게 내일을 만들면 된다. 새로운 스킬을 습득하고, 다양한 직군의 사람들을 만나 네트워킹하고, 무엇이건 적극적이고 책임감 있게 임해 좋은 평판을 쌓아 가고, 기회가 오면 놓치지 않고 경험과 배움으로 자아의 토양을 기름지게 만든다. 의지하고 기댈 곳 없이도 우뚝 서 있는, 존재만으로도 든든한 사람이 되는 것이다.

나 또한 스트레스와 불안, 초조함을 숱하게 겪는다. 그러나 머리로는 분주하게 고민해도 몸은 가만히 내버려 두지 않는다. 행동하고 연습하고 실천하고 투자하고 공부한다. '비바람이 몰아치지 않게 해 주세요'라고 백 번 기도하기보다 무너지지 않는 튼튼한 천막 하나를 가지고 있는 편이 어떻게 보아도 더 안심이기 때문이다.

그저 바쁘게 열정적으로 매일같이 살다 보면 결혼 못 해 안달을 내지 않아도 결혼의 싹을 틔울 사랑의 기회는 어느새 찾아온다. 제 삶을 가꾸고 돌보며 하루하루 열심히 살아가는 이토록 매력적인 사람을 세상이 가만히 내버려 둘 턱이 없으니 말이다.

나는 일단 멋진 인간이 되는 데 초점을 맞춰 살기로 했다. 가능하면 행복도 최대한으로, 주변을 아끼고 사랑하는 마음도 듬뿍 가질 것이다. 믿고 의지할 수 있는 기술력과 능력으로 무장해 경제 기반도 튼튼하게 만들어 놓을 것이다. 그렇게 나와 나를 아끼는 사람들을 지키고 책임질 수 있는 믿음직스럽고 멋진 인간이 된다면 내 미래는 혼인의 여부에 상관없이 밝을 테니까.

집중하기
어려울 때。

현대인에게 '멀티태스킹'은 두말할 것 없이 디폴트 모드다.
음악을 들으며 독서를 하고, 전화를 하며 장을 보고, 밥을 먹
으며 텔레비전을 본다. 두 가지 감각을 동시에 사용하는 게

일상이라 눈, 귀, 손 어느 하나라도 바쁘지 않으면 어느새 불안하다.

한 번에 한 가지 감각만 사용하려고 의식적으로 노력한다. 음악을 들을 때는 미동 없이 음악만 듣고, 책을 읽는 동안에는 시각 외의 감각은 사용하지 않는다. 무엇을 하건 한 가지 감각에 자극을 집중하고 나머지는 적극적으로 소등한다.

우리는 재채기를 하면 눈을 감고, 화들짝 놀라도 눈을 감는다. 악취가 나면 코를 움켜쥐고, 큰 소리가 나면 귀를 틀어막는다. 몸은 자극으로부터 감각을 보호하기 위해 우리의 무의식 속에 여러 가지 장치를 심어 놓았다. 코가 과하게 일하면 알아서 눈이 쉬어 주고 귀가 충격을 받으면 나머지 감각의 데시벨을 낮춰 타격을 분산한다.

현대인의 삶에는 멀티태스킹이 완만하게 자리해 몸이 나서서 자극을 방어해 주지 않는다. 그러나 시간이 흐르며 조금씩 동난 감각의 전력은 다른 방향으로 전력 부족을 알린다. 어깨 결림, 충혈된 눈, 스트레스, 수면 부족, 두통, 집중력 감소, 기억력 감퇴, 소화불량, 무거운 몸, 뻐근한 목 등이 바로 그 경고음이다.

한 번에 한 가지만 하며 감각을 소등하고 귀가시키는 훈련을 하면 신체와 정신은 더 이상 멀티태스킹을 기본값으로 인지하지 않는다. 감각은 각자의 자리를 침범하지 않고 자신의 차례가 돌아올 때 갈고닦은 실력을 뽐낸다.

시각 장애인들은 귀로 듣는 소리에 의지해 공간을 입체적으로 인식한다고 한다. 영화 〈블라인드〉의 주인공 수아는 눈이 보이지 않지만 나머지 감각을 이용해 수사망을 좁히는 데 큰 힘을 보탠다. 볼 수 없음에도 불구하고 청각과 후각의 도움을 받아 눈앞의 범인을 놓치지 않는다.

이는 비단 장애인들에게만 해당하지 않는다. 향기로운 꽃 향기를 맡을 때 우리는 저도 모르게 눈을 감는다. 더 세심하게 향을 감지하기 위해 혹은 더 잘 듣기 위해 본능적으로 눈을 감으며 주의력을 한 가지 감각에 모은다.

몸은 노력하지 않아도 언제나 여러 감각을 자유롭게 사용한다. 아름다운 자연을 앞에 두고 귀로는 파도 소리를 듣고 눈으로는 펼쳐진 지평선을 바라보고 코로는 비릿한 바다 내음을 맡는다. 따로 시간을 내어서 귀띔해 주지 않으면 호기심 많은 뇌는 언제든 오감을 활용해 주변을 감지하고자 한다. 애쓰지 않아도 오감은 알아서 바쁘니 하나씩 사용 시간을 줄이며 나머지 감각을 날카롭게 다듬어 간다면 귀가 가진 최고의 청력과 손에 닿는 예리한 촉각을 더 자주 사용할 수 있지 않을까.

주변에서 너무 많은
이야기를 들을 때。

내 의지와 상관없이 우리는 수만 명의 뮤즈 들과 매일같이 살을 부딪치며 살아간다. 팔로우한 친구의 소셜미디어, 내일 만날 직장 동료, 잡지 속 여자, 지하철 건너편 좌석에 앉은 남자,

애인, 동창, 형제, 자매, 아침마다 듣는 라디오 방송, 노래 등 소비하는 외부 세계는 모두 나의 잠재적 뮤즈다.

뮤즈는 한 사람일 때 영감이 되지, 다수가 되면 그저 혼란을 가중시킬 소음에 불과하다. 선택의 홍수 속에서 길을 잃지 않고 내가 행복해지는 취향을 발견하려면 이 수만 명의 뮤즈들과 거리를 둬야 한다.

세상 그 누구보다 영감을 받아야 할 존재는 나 자신이다. 내가 나의 뮤즈가 될 때 '스타일'이 완성된다. 이는 그 누구도 흉내 낼 수 없는 내 고유의 패션이다.

24시간 누군가의 삶에 노출되어 있으면 자연히 그 영향을 고스란히 떠안게 된다. 타인의 삶은 긍정적인 자극이 되기도 하지만 박탈감, 자격지심, 압박의 도화선이기도 하다. 타인의 삶이 영감의 원천으로 건강하게 작용하기 위해서는 다분히 의식적인 큐레이션이 필요하다.

SNS, 인터넷, 텔레비전 등을 통해 온갖 정보와 영감을 필요와 불필요의 구분 없이 허용하기 시작하면 내가 설 자리는 점점 없어진다. 모방할 수 없는 나만의 독창성은 그 누구의 간섭과 개입도 없을 때 튼튼하고 안전하게 쌓아 올릴 수 있다.

타인의 삶을 소비하지 않으면, 무엇으로 내 안을 채울 것인지 고민할 수밖에 없다. 이때 나의 진짜 욕구와 원망(願望)을 가장 가까이에서 들을 수 있다. 타인의 판단과 영향으로부터 자유로워지면 처음부터 끝까지 나로 시작해 나로 완성된 존재가 우뚝 선다. 흔들리지 않는 생각과 신념은 이 시간 동안 싹이 튼다.

우리는 클릭 한 번으로 수백 명의 사생활을 언제 어디서건 볼 수 있는 시대에 살고 있다. 그렇기에 더욱이 자신의 뿌리를 단단하게 지켜 내기란 쉽지가 않다. 그럴수록 소신껏 살아가는 사람들이 더 돋보이는 시대이기도 하다.

피부처럼 꼭 맞는 나의 '스타일'을 찾게 되면 더 이상 타인의 취향에 휘둘리지 않는다. 타인의 재능과 아름다움을 응원하고 축복할 수 있게 된다. 또한 누군가의 성공과 번영이 자신을 깎아내리는 이유가 되지도 않는다.

단단한 확신으로 똘똘 뭉친 신념이 결성되면 그때는 마음 놓고 외부 세계를 소비해도 그것이 나를 흔들어 놓지 않는다. 그전까지는 최대한 배타적인 자세를 취하는 것이다. 위태위태하게 겨우 모양을 잡아가는 나의 성은 약간의 바람에도 무너진다. 그러니 구경꾼, 바람, 빗물, 철없는 어린아이, 잠재적인 위협으로부터 보호가 절실하다.

3장

생각 분리수거 중입니다

#아이고_의미_없다

인생이
부담될 때。

매일매일 치열하게 살아도 이와 별개로 삶은 참 덧없다. 드넓은 우주의 관점에서 보면 나라는 개인은 카메라 앵글에도 담기지 않는 작은 존재다. 20만 년이라는 인류 전체의 역사 속에서 최선을 다해 장수해 봐야 운 좋으면 100년 사는 인간에게 얼마나 대단한 의미가 있을까. 집착과 욕심으로부터 자유로워질 수 있었던 근거 또한 덧없는 인간 생의 본질이었다.

대제국을 건설한 알렉산드로스 대왕도 마지막 순간에는 이런 말을 남겼다.

"내가 죽거든 나를 땅에 묻고 손을 땅 밖으로 내놓아라. 천하를 손에 쥐었던 이 알렉산더도 떠날 때는 빈손이었다는 것을 세상 사람들에게 알려 주기 위함이다."

단 하루도 의미 없는 날 없이 충만하게 살았을 것 같은 알렉산드로스 대왕도 생과 사 앞에서 공평했다. 지위, 명예, 재산에 상관없이 알몸으로 태어나 흙으로 돌아가 퇴비가 되는 데는 우열이 없다. 노숙자, 부랑자, 대통령, 백만장자 똑같이 죽음을 맞는다.

그럼에도 개개인의 삶은 가치롭다. 우리 생이 제아무리 불완전할지라도 나는 여전히 오늘이 있어 감사하고 설레는 마음으로 내일을 맞이한다.

삶의 의미 따위 몰라도 행복하게 사는 데 아무 지장 없다. 깊이 따져 묻지도, 생각하지도 않는다. 그저 하루하루 어떻게 하면 어제보다 조금 더 행복할 수 있을까만을 고민하고 추구할 뿐이다.

달리 의미를 쫓으며 살지 않지만 행복한 자신이 되어 매 순간 살아가다 보니 삶이 자연히 의미로워진다. 행복한 어제와 오늘, 내일이 모여 일주일, 한 달이 되고 의미 있는 1년, 가치 있는 평생이 된다. 행복한 개인이 되자. 행복은 긴가민가 나를 헷갈리게 하지 않는다. 언제 누구와 어떤 일을 함께할 때 행복한지 누구든 명확하게 묘사할 수 있다. 오감으로 전해지는 삶의 생기, 기쁘고 감사한 마음이 증거다.

의미 있는 삶은 누구나 정의가 다르다. 그렇기에 내 삶의 의미를 놓고 누구 하나 함부로 평가할 수 없다. 좋은 아내, 좋은 엄마로 살아가는 것만으로 행복할 수 있는 사람이 있고 나처럼 성장과 성취를 통해 완성하는 행복이 더 큰 사람도 있다. 아내라는 역할을 훌륭하게 해내는 것을 목표로 살아가는 사람이라고 기업의 총수보다 삶이 더 공허하지도 않다. 완벽하게 같은 일을 하면서도 누군가는 자기 일에 만족과 자부심을 느끼는 반면 또 다른 누군가는 회의하고 자책하며 괴로운 날들을 보내고 있을 수도 있다.

내 삶이 공허하다면 그 원인은 의미의 부재가 아닌 행복하지 않은 개인이 아닐까. 행복한 사람은 의미를 놓고 씨름하지 않는다. 스스로의 삶이 가치 있다는 확신이 들지 않으면 삶의 추상적인 의미를 자꾸만 따져 묻는다.

금은보화보다 죽기 전 값지게 다가올 건 스스로 평가하는 자기 자신이다. 지난 80년 참 좋았다, 호젓하게 말할 수 있다면 적어도 '의미'를 놓고 고민하지는 않을 것이다.

누구나 의미 있는 삶을 살 수 있다. 내 삶이 가치 있다고 평가하고 판단할 수 있는 건 오직 나 자신의 만족도뿐이다.

위대한 사람이 되기보다 행복한 사람이 되고 싶다. 행복하고 즐거운 순간은 누구에게나 있다. 구체적으로 묘사하고 설명할 수 있다면 의미 있는 삶을 만들 조건도 갖춘 셈이다. 그 순간들을 모아 매일 조금씩 나를 위해 쓰는 거다.

언제가 되었건 누구든 죽음을 맞는다. 운 좋으면 100년, 짧게는 70년이면 생을 마감한다. 아쉬워서라도 나는 더 집요하고 치열하게 남은 생을 행복하게 보낼 것이다. 매일 최고로 행복한 자신이 되어 살아간 80년이라면 어디에서도 당당하게 내 삶은 의미롭고 값졌다고 말할 수 있을 테니까.

참기
어려울 때。

글을 쓰다 보니 자기표현을 할 때가 많다. 의견을 제시하고 목소리를 내는 일이 직업이다 보니 쓰지 않는 시간에는 가급적 표현을 내려놓고 감상을 하려고 한다. 글을 쓰며 화자가 될 기회를 넉넉하게 누리니, 그렇지 못한 직업을 가진 친구들을 만나는 동안에는 그들에게 화자가 되어 보라고 많이 권하는 입장이 되었다.

자연스럽게 주인공 자리에서 내려와 스포트라이트를 상대에게 비추고 묵묵한 청자가 되는 일이 흔해졌다. 그런데 웬걸, 화자에서 청자로 역할만 바꾸었을 뿐인데, 대화가 너무 즐거워졌다. 기를 쓰고 반박하지 않아도 차분히 의견을 제시할 수 있었다. 설득하려고 열을 올리지 않았지만 납득의 끄덕임이 돌아온다. 애초부터 나보다 타인을 우선시하겠다고 마음먹으니 별다른 노력 없이도 경청이 너무 쉽다. 하고 싶은 말 편히 하라고 자리에서 내려왔는데 대화의 주도권은 밸런스가 늘 알맞다.

발언권에 집착하기 시작하면 대화는 아수라장이 된다. 온 신경이 말하기에 쏠려 있는데 타인의 목소리가 귀에 들어올 리가 없다.

마이크 쟁탈전에서 손을 떼고 화자의 자리에서 내려와 보

자. 쉴 틈 없이 바쁜 입 탓에 보지 못했던 대화의 청사진이 한 눈에 들어온다. 처음부터 발언권이 없다고 생각하고 대화에 임하면 시작부터 끝까지 내 역할은 듣기 한 가지뿐이다.

인간은 본래가 주인공 병에 걸린 나르시시스트다. 의식적으로 겸손을 떨지 않으면 어느새 나, 나, 나를 연발하게 된다. 물리적으로 이동하지 않으면 자석처럼 이끌려 나는 어느새 세상의 중심에 가 있다. 청자가 되는 연습은 이 고정된 이끌림에 저항을 주는 작업이다.

주어에서 '나'를 줄이고 대화의 주도권을 내려놓자. 어차피 내 세계에서 주인공은 변함없이 나다. 한 발짝 물러서면 두 사람 모두가 주인공이 된다. 청자의 마음가짐은 신중한 화자를 만들고, 어떤 말을 할지 고민하는 사람에서 이 말을 왜 하려는지를 고민하는 사람이 된다. 말의 역할을 숙고하는 참여자가 있는 대화는 결단코 아무 말 대잔치 자리가 될 수 없다.

지금도 대화에 임하는 나의 자세는 언제나 청자다. 나의 위치는 한 번도 바뀌지 않았다. 그러나 신기하게도 언제나 공평하게 말을 주고받으며 대화는 막을 내린다. 화자가 되지 않겠다는 결심에도 나는 벙어리가 되지 않았다. 왜냐하면 누구 한 사람이라도 대화의 초점을 말하기가 아닌 '이해'에 맞추고 있으면 상대도 어떤 방식으로든 나의 존중에 대꾸할 수 밖에 없기 때문이다.

주인공의 자리를 내어 주고 고요한 객석에 자리를 잡으면, 자신이 덜 중요해지는 게 아니라 모두의 목소리를 잘 들을 수 있는 환경이 조성된다. 한 사람이 목소리를 줄이면 상대의 목소리도 잘 들리지만 마찬가지로 내 소리 또한 상대에게 잘 전달된다.

연령, 성별, 분야에 상관없이 무대에서 내려와 청중이 되어 임한 대화는 언제나 성공적이었다. 말하기를 목적으로 삼지 않으면, 할 일이 많지 않다. 그 공백을 더 다채롭게 사용한다. 화자는 말하기 한 가지로 역할이 제한적이지만 청자는 수만 가지 특권을 행사할 수 있다. 격양된 대화의 온도를 낮추고 미지근한 의견 교환에 스파크를 튀긴다. 말장난으로 가볍게 흘러가는 대화가 언짢다면 묵직한 질문을 던져 무게를 더하기도 한다. 흥미 없는 주제가 지지부진하게 이어진다면 스리슬쩍 내 취향에 맞는 타이틀을 끼워 넣어 태세를 전환할 수도 있다. 주도권을 내어 주었는데 신묘하게도 대화는 점점 내 입맛에 맞게 흘러간다. 이 모두가 '말하기'를 내려놓았기에 얻을 수 있는 특별한 자격들이다.

막막한 대화를 해결하는 첫 단추는 마이크부터 내려놓는 일이다. 소중하고도 사적인 이 시간이 진정 가치 있는 경험으로 남으려면 대화의 기본기인, 경청과 존중의 기초 체력부터 건실하게 길러야 한다.

인정받지
못하는 것 같을 때。

세상은 당신이 얼마나 좋은 사람인지는 관심이 없다.

"나는 인격도 훌륭하고 따뜻한 내면을 지녔고 진실된 사람인데 왜 나를 존중해 주지 않나요? 왜 나를 사랑해 주지 않나요? 왜 내게 관심을 가져 주지 않는 거죠?!"

미안하지만 좋은 사람과 따뜻한 내면은 개인의 가치를 증명해 주기에 턱없이 부족하다. '좋은 사람'은 기준도 모호하고 수치로 측정할 수도 없다. 말이 좋아 인격과 내면이지, 누구나 입만 있으면 좋은 사람 딱지를 붙여 스스로를 홍보할 수 있다.

'좋은 사람'인 당신은 세상을 위해 무엇을 할 수 있는가?

사회라는 시장에 나가 좌판을 펼쳐 놓고 어떤 물건도 내놓지 않고 단순히 '나는 비옥한 땅에서 나고 자라 뿌리가 튼튼하고 깨끗합니다!'라고 외치기만 한다면 어느 누구도 당신에게 눈길을 주지 않을 것이다. 당신의 땅이 얼마나 정직한지, 깨끗한지, 아름다운지는 관심이 없다. 탐스러운 열매는 말하지 않아도 비옥한 땅이 출처임을 증명한다.

한 가지 가정을 해 보자. 당신의 배우자 또는 가족이 길 한

복판에서 총을 맞고 쓰러졌다. 이때 한 남자가 다가온다. 그는 재킷을 벗기고 총알이 뚫고 지나간 상처 자리를 이리저리 살펴보더니 주머니에서 커터 칼을 꺼내 든다. 당신은 '수술을 하려나……' 하고 생각하며 그에게 "의사인가요?"라고 묻는다. 남자는 아니라고 한다. 당신은 다급하게 되묻는다. "그래도 수술은 해 본 적이 있죠? 의사가 아니라면 군의관이라든지…… 뭘 하는지 알고 칼을 든 거죠?"

이쯤 되자 남자는 짜증이 섞인 목소리로 자신은 정직하고 시간 약속을 잘 지키는 좋은 남편이자 훌륭한 아빠이며, 어머니께 효도하는 좋은 아들이라고 말한다. 태어나서 나쁜 말 한 번 사용한 적이 없고 늘 도덕 규범을 철저하게 지킨다고 반문한다.

당신은 참을 수 없는 짜증이 밀려옴을 느끼며 동시에 혼란에 빠진다. "그게 다 대체 무슨 소용인가요? 내 가족이 총에 맞아 쓰러져 있지 않냐는 말이에요! 지금 당장 총에 맞은 상처를 치료해 주고 피를 멎게 해 줄 사람, 수술을 해 본 적이 있는 사람이 필요하단 말입니다!"

거짓말 한 번 한 적 없고 시간 약속을 잘 지키는 성실한 그에게 가족의 목숨을 맡길 사람은 아무도 없다.

'좋은 사람'은 사회에 진입할 티켓이 되지 못한다. 일단 사회라는 링 위에 오르기 위해서는 손에 쥘 수 있는 자격과 능력, 기술이 필요하다.

이력서를 쓸 때도 설명을 구구절절 장황하게 늘어놓을 필요가 없다. 당신이 나를 고용해야 하는 이유, 한 가지에만 집중하면 작성에는 10분 이상이 걸리지 않는다. 인격적인 훌륭함은 수치화할 수 없다. 다시 말해, 검증 안 되는 성질이다.

수백만 명의 지원자들 모두 취업이 간절하고 헌신할 준비가 되어 있으며, 진실되고 성실하다. 당신이 가진 능력으로 회사를 위해 무엇을 할 수 있는지에 대해 언급해야 한다. 자신이 얼마나 약속을 잘 지키고 좋은 아들이고 좋은 친구인지는 언급할 필요가 없다. 대신 스페인어로 유창하게 소통하고 교류할 수 있다거나 파워포인트를 오랜 시간 만들어 온 경력이 있다고 말해야 한다.

굳이 정직이라는 성질을 수치화하고 능력으로 만든다면 정직하다는 말은 한 가지로 결론이 난다. "나는 정직한 사람이기 때문에 적어도 당신 회삿돈을 횡령하지는 않을 것입니다." 이것이 자신을 어필할 가치는 아니다. 사람을 살릴 능력이 있는 사람은 충분히 매력적이지만 사람을 죽이지 않았다는 이유가 매력이 되기에는 분명 부족함이 있다.

삶은 곧 영업이다. 회사원으로 직장에서 일하든, 사회적 기관에서 공익을 위해 몸 바쳐 봉사하든, 나만의 비즈니스를 꾸려가든, 결국 나를 어떻게 팔 수 있을까에 대한 고민으로 이어진다.

관계도 다르지 않다. 누군가와 친구가 되기까지 일련의 과정을 보면 서로를 잡아끄는 '열매'가 있다. 친절, 호의, 호감에는 언제나 정서적, 물질적, 지적 동경이 함유되어 있다. 공통된 관심사, 위트, 리더십, 재주, 운동신경, 스타일리시한 패션, 공감 능력…… 각자가 가진 열매가 실마리가 되어 대화가 시작되고 만남이 연속된다.

막연한 인간적 호기심은 없다. 사랑도 언제나 시작은 서로가 가진 열매에 대한 애정과 이끌림이다. 평범한 우리네들에게 인격과 내면을 꿰뚫어 볼 투시력과 특수 안경은 없다. 가진 게 없을 뿐만 아니라 스토리도, 호기심을 유발할 소재도 없다면 관심도, 애정도, 존중도 없다.

직업은 그 사람의 정체성이다. 무엇을 업으로 삼았는가를 잘 살펴보면 그 사람이 보인다. 기타리스트는 음악적 감수성이 풍부할 수밖에 없고, 가수는 무대와 대중에 익숙할 수밖에 없다. 개그맨은 유머 감각과 순발력이 뛰어날 것이고, 통역사는 언어적 감각이 날카로울 것이다. 작가는 읽고 쓰고 깊이 사고하는 데 많은 시간을 쓸 것이 분명하다. 요리를 잘하고 외국어에 능통하다면 배움에 가치를 두고 문화적 호기심이 많은 사람일 거라 짐작할 수 있다. 능력은 곧 자신을 증명한다. 이제껏 걸어온 길과 몰입하고 있는 나의 현재를 보여준다.

훌륭한 인격과 따뜻한 성품은 사회라는 문을 통과한 뒤 보여 줄 때 더 설득력이 있다. 이 문을 통과하기 위해서는 먼저 기술을 연마하고 노력을 통해 능력치를 쌓고 전문가가 되어야 한다. 당당하게 명함을 내밀 수 있는 나만의 '사람을 살리는 기술'이 있어야 한다.

당신이 관계, 직업적 성공, 개인적 성취 앞에서 힘겨운 싸움을 하고 있다면, 또는 좌절감과 패배감에 괴로운 날을 보내고 있다면 그건 당신에게 당신의 정체성을 확고히 해 줄 무언가가 아직 없기 때문이다.

단 한 가지라도 붙들고 시간과 열정을 투자해 사람을 살릴 수 있는, 총상을 치료할 수 있는 기술을 개발하자. 그때는 더 이상 당신의 인격과 품성이 평가절하되지 않을 것이다.

얼마만큼 있어야
행복한지 모를 때。

누구나 저마다 행복한 삶을 살기 위해 필요한 알맞은 비용이 있다. 나는 이를 '행복 유지비'라고 부른다. 자신의 행복 유지비만큼만 일을 한다면 일하는 시간은 고통이 되지 않는다. 어떤 일을 얼마큼 하건 더 가치 있는 자원을 벌어 주기 위한 시간이니 기꺼이 감수할 수 있다. 돈이 나를 불안하게 하지도 않는다. 행복과 자유를 지켜 주고 즐거움을 제공하는 돈이 오히려 감사하고 기특해서 매일같이 절을 하고 싶어진다.

자신의 행복 유지비를 알아야 한다. 윤택하고 행복한 삶을 지속하는 데 필요한 비용은 모두가 다르다. 이 행복 유지비가 명확해야 얼마나 일을 하고, 언제 일을 멈추고, 노동을 통해 얼마큼의 돈을 벌지도 주도적으로 정한다. 일하며 괴로움을 느낀다면 자신의 행복 유지비를 모르거나 이를 초과해 일을 하고 있는 것이다.

자신의 행복 유지비만큼의 수익을 벌어들이면 희생한 시간은 고스란히 가치로 연결되어 일하는 시간이 괴롭지 않다. 그러니 어떻게 벌 것인가 이전에 얼마가 필요한가를 먼저 물어야 한다.

돈은 우리 삶을 이롭게 하기 위해 만들어졌다. 돈이 있기에 더 많은 선택을 할 수 있다. 능동적으로 인생의 방향을 설정하며, 베풀고 싶을 때 너그럽게 베풀 수 있다. 나의 자유와 행복이 가치 있는 만큼 이를 견인하는 수단 또한 가치 있어진다.

늘 일하는 시간이 기껍다고 생각한다. 돈 쓰는 시간이 가치 있는 만큼 행복하고 즐거운 시간을 더 구입하기 위해 열심히 돈을 벌어야겠다는 생각을 항상 한다. 돈이 내 삶에 하는 역할 중 부정적인 것은 없다. 최고의 노동 동력이 되어 나태해지지 않을 수 있게 나 자신을 채찍질해 주고, 나에 대해 공부할 수 있는 계기를 마련해 준다. 이롭고 유용한 이 존재는 내게 행복과 자유의 값어치, 노동의 즐거움을 가르쳐 주는 스승이었다.

직접 벌어 보니 돈 버는 일은 쉽지 않았다. 좋아하는 커피 한 잔, 빵 한 조각, 책 한 권도 전부 돈이라는 수단으로 교환된다. 행복하기 위해 많은 돈이 있어야 하는 건 아니지만 어느 정도 돈이 있어야 다양한 즐길 거리를 확보할 수 있다. 자유와 행복이 결코 무상으로 주어지는 게 아니라는 단순한 가르침 역시 돈을 벌며 깨달았다.

돈보다는 삶이 먼저지만 삶 역시 돈으로 완성된다. 돈은 최소한의 행복할 권리와 생존을 위협할 수 있다. 현대사회에서 돈 없이 할 수 있는 일은 많지 않다. 산에 들어가 움막 짓고 자급자족하며 살지 않는 이상 작든 크든 어떤 일을 하건 돈이 필요하다. 그래서 돈에 대해 잘 알아야 한다. 나의 행복 유지비를 넘어서 노동을 하고 있다면 그것이 가치 있는 선택인지, 나는 수단으로써 돈을 잘 활용하고 있는지, 돈을 소중하게 대하는지, 돈을 우습게 알고 있지는 않은지, 자유와 행복에 대한 책임은 저버리고 결과만 바라고 있는 건 아닌지 여러 가지 질문을 주고받아야 한다.

삶과 돈, 둘 가운데 삶이 명백히 우위에 있어야 하지만 둘은 동시에 얽히고설켜 있다. 행복하기 위해 돈을 벌어야 하지만 돈 벌기만을 맹목적으로 추구하면 삶에서 지켜야 할 더 중요한 가치를 외면하게 된다. 적절한 밸런스를 어떻게 유지하느냐가 돈을 대하는 나의 올바른 태도를 결정한다.

어떻게 쓰는 게 현명한가 이전에 나는 행복하기 위해 얼마나 많은 양의 돈이 필요한가를 먼저 물어야 한다. 이 질문은

지혜로운 소비, 즐거운 노동의 시작이다. 지폐의 모양을 하건 가상 계좌 속 몇 자리 숫자로 존재하건 내게 돈은 형태에 상관없이 역할이 하나다. 언제나 나의 행복과 자유를 지켜주는 수단, 딱 거기까지다.

진정으로 돈과 건강한 관계를 맺은 사람은 근검절약과 절제를 삶의 우선순위로 삼아 살지 않는다. 오히려 행복하기 위해 더 열심히 쓰고 번다. 돈이 많아도 불안하고 적어도 불안하다면 그 원인은 액수가 아닌 소비하는 자신에 대한 낮은 만족도다. 벌어들인 돈을 어디에 무엇을 위해 사용할 것인가, 이것이 명확하면 돈은 나를 괴롭게 하지 않는다. 나의 행복과 자유를 지켜주는 돈은 언제까지고 유용하고 유능한 툴이자 고마운 스승, 기특한 존재일 것이다.

공허하고
무기력할 때.

인간은 본디 메이커의 본능을 타고났다. 인류 역사의 원류를 거슬러 올라가도 우리는 늘 무언가를 끊임없이 만들고 있었다. 돌을 갈아 농사 도구를 만들고, 나무를 깎아 낚싯대를 만들고, 짚을 엮고 흙을 올려 집을 짓고, 조개껍질을 엮어 장신구를 만들었다. 우리의 본능은 항상 컨슈머보다 메이커에 더 가까웠다. 새로움을 추구하고 표현하고 창조하고자 하는 욕구는 인간의 본성이다.

공허하고 무기력한 삶은 소비의 부재 탓이 아니다. 공허함의 출처는 무엇이든 소비만 하는, 관람객의 위치를 벗어나지 못하는 나 자신이다. 소비는 더 많은 소비만을 부추겨 공허함을 확장한다. 물질 소비보다 경험 소비가 만족감이 높은 것처럼 생산과 창작은 소비 활동보다 질적 만족감이 높다. 끝임없이 무언가를 만드는 사람이 될수록 창작에 대한 갈망은 타오른다. 삶의 매 순간이 예술의 한 장면이 된다. 내 주위를 맴도는 모든 사물과 경험이 곧 영감의 자원이다.

생산과 창작은 소비의 빈자리를 훌륭하게 채운다. 무에서 유를 창조하는 작업은 느낌표만 존재하던 내 생활에 드문드문 물음표를 남긴다. 창작은 나를 삶의 주역으로 만들어 준다.

충만한 만족감을 이어가게 하는 동력은 본질적으로 소비

보다 생산이 더 강하다. 메이커가 될수록 소비에 대한 갈증은 옅어진다. 소비에만 매몰된 삶은 공허하다. 무엇이든 열정적으로 임하고, 다양한 취미 생활과 사교 활동을 즐기고, 멋진 공연을 보고, 풍미 있는 음식을 먹으며 지루할 틈 없이 살아도 생활은 적적하고 건조하다.

감탄만 하는 인생에서 나 자신은 언제나 관람하는 객체다. 깊은 감명을 받아 눈물을 쏟고 온몸에 전율이 느껴져도 언제까지나 객석에서 느낄 감동이다. 소비는 나로 시작해서 나로 끝난다. 창작과 생산은 상호 교환이자 나로 시작해서 타인으로 수렴된다. 나 자신이 주인공이 되어 무대에 오르는 활동이다.

소비는 분명 즐겁다. 감동적인 공연도, 미각을 충족하는 훌륭한 요리도, 아름다운 그림도, 밭품을 팔아 얻게 된 빈티지 원목 서랍장도, 오감을 충족하는 소비는 놓칠 수 없는 삶의 재미다. 그러나 생산은 더 즐겁다. 느낌표와 물음표가 공존하는 삶은 어느 것 하나만 있는 삶보다 더 가슴이 뛴다.

소설을 좋아한다면 소설을 한 편 써 보고, 영화를 좋아한다면 직접 메가폰도 잡아 보고, 옷을 좋아한다면 손수 한 벌 지어 입어 볼 포부를 가져 보고, 음악을 좋아한다면 작곡에 도전해 보고, 그림 그리기를 좋아한다면 전시를 열어 갤러리 앞에 서 있는 자신을 상상해 보자.

좋아하는 것을 감탄만 하는 것은 쓸쓸하다. 어설퍼도 괜찮으니 거침없이 미숙한 생산자가 되어 보라고 말하고 싶다. 객석이 아닌 무대에 올라 보면 또 다른 세상이 보인다. 물질 소비만 했던 사람에게 경험 소비는 완벽한 신세계다. 마찬가지로 생산에는 소비가 결코 대신할 수 없는 짜릿한 감동과 전율이 있다. 무대에 올라 봐야 그곳이 주는 희열과 카타르시스를 맛볼 수 있다.

결국 인생이란 무대에서 나는 언제나 주인공이기 마련이다. 그것을 피부로 직접 체험해 보는 것도 한 번쯤은 해 볼 만한 경험이다.

이유 없이
불안할 때。

불안은 형체가 없지만 불안을 자극하는 것들은 분명한 형체
가 있다. 쌓인 메일함, 쉬지 않고 울리는 메신저 알림, 기억조
차 없는 사람들의 수북한 명함과 연락처, 냉장고 속 방치된

식재료, 연말까지 빈틈없이 잡힌 한 해 일정, 투 두 리스트, 버킷리스트, 위시리스트, 여백 없이 빼곡한 못다 이룬 일들, 밤낮 구분 없이 환한 실내…….

우리에게는 부재의 시간이 필요하다. 궁핍했던 지난날을 보상이라도 하듯 가득가득 채우며 지난 세기를 났다. 풍족함이 도가 지나치니 도리어 마음에 구멍을 만든다.

모처럼 주어진 휴가에 계획했던 친구와의 홍콩 여행은 접어두고 노선을 변경해 홀로 바캉스를 떠나 보자. 이 시간 동안에는 휴대폰도, 업무 다이어리도, 다망한 일정도, 대차게 세운 버킷리스트도 잠시 거리를 두자. 불러도 대답 없는 고요한 곳, 소리와 소통과 화면이 부재하는 공간에서 오직 나 자신만을 반려로 대동해 시간을 보내 보자.

시간은 너무도 미진하게 흐른다. 소란스럽게 날뛰던 머릿속은 그저 시끄러운 외부 세계의 반영이었다. 스스로를 끝도 없이 궁지로 몰아세웠던 걱정거리들도 더디어진 시간과 함께 멈춰 선다. 나를 힘들게 했던 감정들과 대화를 시도한다.

적막 속에서 귀 기울인 마음의 소리는 너무도 또렷하게 잘 들린다.

제아무리 천천히 여유롭게 걸으려고 해도 사방에서 밀치고 서두르고 재촉한다면 나 역시 의지와 상관없이 조급한 군중의 물결에 떠밀려 속도를 내게 된다. 적당히 협조적인 주변 환경은 내면의 평화를 유지하기 위한 기본 조건이다.

불안하지 않을 수 있는 힘은 내 안에서 나오지 않는다. 의식적이건 무의식적이건 내가 선택하고 조성한 환경, 공간, 시간에서 나온다. 지금도 단 하루 만에 마음의 평정을 몽땅 잃은 채 얼마든지 불안에 벌벌 떨 수 있다.

생활을 복잡하게 만들고, 결정하고 선택해야 할 일을 늘리면 된다. 시간은 조급하게 쓰고 한 번에 서너 가지 일을 동시에 하면 된다. 의식주는 뒷전으로 미루고 성공, 자기계발, 진급, 인맥에만 매진하면 된다. 맛도 향도 음미하지 않고 인스턴트로 끼니를 때우면 된다.

백여 가지 계획과 끝이 보이지 않는 장황한 리스트를 만들어 어서 해내라고, 이것밖에 못 했냐고, 못 다 이룬 열망과 목에 걸어야 할 메달과 증명해야 할 성과가 이렇게 많다고, 다 그치고 꾸짖자. 해낸 것보다 남은 일에 더 목을 매고 성장보다 결과에 집착하자. 뜯지도 않은 택배 상자가 현관 앞에 그득히 쌓여 있지만 또 뭔가를 주문해 삶을 소비의 종착지로 밀어 넣자.

불안이 서식할 수 있는 모든 환경과 조건을 제 손으로 다 만들어 놓고 왜 나는 매일 이유도 없이 불안에 떠는 걸까 묻는다면 불안은 아무 죄가 없다. 불안을 한없이 허용한 나 자신에게 답이 있다. 불안할 수밖에 없는 선택만 하니 늘 불안과 가까울 수밖에 없다.

사람마다 자극을 견디는 능력치는 다르다. 이를 알고 알맞게 환경을 조성해야 몸과 마음에 무리가 가지 않는다. 옷장 가득 옷을 채워 넣고 살아도, 냉장고 속 식재료가 썩어 가고 있어도, 온종일 옆구리에 휴대폰을 끼고 살아도 생활에 큰 지장이 가지 않는 사람도 있다. 무질서의 질서를 주장하는 사람도 있다. 그러나 또 한편에는 작은 일에도 예민하게 반응하고 무엇 하나 쉽게 넘어가지 못하는 모가 난 사람도 있다. 지저분한 환경에서 극도의 스트레스를 받는 사람도 있다. 취약하게 태어났으면 그것에 맞게 주변을 부드럽게 다듬어야 한다. 자극을 처리하지 못한다고 세상이 거기에 발맞춰 살금살금 걸어 주고 소곤소곤 말해 주지 않는다. 자극을 소화하는 자신의 체력을 알고 강도, 속도, 볼륨을 조절하는 것은 인색함이 아닌 건강하게 장수하기 위한 나와 주변 모두를 위한 배려다.

내 집에서는 저녁이 되면 오직 희미한 간접 조명만이 밤을 고요하게 지킨다. 해가 지면 나 역시 휴식 모드가 된다. 반짝이는 화면도, 울리는 휴대폰도, 이거 사라 저거 사라 재잘거리는 광고도 없다. 그러니 무료함과 적막을 견디는 나의 내성만이 매일같이 성장할 뿐이다.

적막과 부재의 공간에 멍하니 앉아 있노라면 금세 눈꺼풀이 무거워진다. 한 번도 잠이 들기 위해 애쓴 적이 없다. 나는 생각이 아주 많은 성격인데도 말이다. 수면 부족으로 싸운 기억도 머나먼 까마득한 옛일이 되었다.

기억나지 않는 과거에는 뒤척이며 새벽 밤을 꼬박 새운 적
도 있었다. 물론, 한 손에는 휴대폰을 놓지 않은 채.

뭘 원하는지
모를 때。

자신의 용량을 알지 못하면 최선을 다해도 성과는 미비하다. 스스로의 범주를 알고 이를 잘 지키면 건강하게 부상 없이 오래 달릴 수 있다.

나의 능력치를 벗어나 과하게 애쓰고 있다면 함께와 혼자 어느 한쪽에도 충실하지 못하다. 하루 세 시간이면 방전되는 사람이 대여섯 시간 풀로 힘을 내고 있다면 한 번의 외출로 진이 다 빠져 버린다. 혼자 시간을 보내며 내부에서 기를 모으는 성향의 사람이 일주일 내내 사람 틈바구니에 있다면 함께하는 시간이 괴로울 수밖에.

사람을 만나는 시간은 애쓰는 시간이 아니다. 모두가 즐겁기 위해 배려하고 노력하는 것은 맞지만 한 쪽이 불평등하게 에너지를 과하게 소비할 의무는 없다. 함께의 시간이 항상 힘에 부친다면 누구의 탓도 아니라 스스로가 치사량을 넘어서 사람을 만나고 있기 때문이다.

빨간불이 켜진 몸으로는 '혼자'의 시간도 썩 유쾌하지 않다. 나만의 시간을 알차게 활용하기 위해서는 무엇보다 몸과 마음이 튼튼해야 한다.

스스로에게 제발 관대하지 말자. 나를 지키기 위해서라면 물불 가리지 않아야 한다. 과할 정도로 엄격하게 휴식과 충전을 의무화하자. 함께의 시간을 가치 있게 만들기 위해 혼자의 시간이 필요하다면, 한없이 시간을 내어 주자. 동시에, 내게 가장 잘 어울리는 함께의 형태도 공부하자. 내가 무리 없이 감당할 수 있는 인간관계의 크기는 얼마인지, 얼마나 자주 한 번에 몇 시간이 적당한지, 편안함을 느끼는 사교 형태는 어떤 것인지…… 스트레스 없이 함께를 소화하려면 체력을 아낄 수 있는 환경을 만들어야 한다.

내게 혼자와 함께의 알맞은 비율은 9대 1 정도다. 열흘 중 아흐레는 혼자 보내야 함께하는 1일이 최고가 된다. 이 비율에 타협은 없다. 9일이 잘 충전되지 않으면 결코 남은 1일도 충실할 수 없음을 잘 알고 있다.

필요 이상으로 과하게 혼자 시간을 보내고 있으면 외롭다. 반대로 적당한 선에서 제한해야 할 함께의 시간을 무한대로 허용하고 있다면 순하디순한 사람과의 관계도 괴롭다고 토로하게 된다.

자신에게 알맞은 비율을 알고 타협 없이 선을 지킨다면 혼자 있는 시간과 함께 하는 시간 모두 승승장구하는 무적이 될 수 있을 것이다.

삶에 확신이
없을 때。

당신이 폭스바겐을 타건 벤틀리를 타건 달려가는 길은 변하
지 않는다. 갤럭시로 통화를 하건 아이폰으로 통화를 하건 전
화를 받는 사람은 변하지 않는다. 당신이 비즈니스석을 이용

하건 이코노미석을 이용하건 비행기를 타고 도착하는 곳은 변하지 않는다. 이름 없는 손목시계를 차건 롤렉스나 오메가 명품 시계를 차건 흐르는 시간은 그대로다.

오메가, 벤틀리는 아무래도 좋다. 비즈니스석과 이코노미석 어느 쪽도 문제 될 건 없다. 하지만 삶의 질을 생활의 편의를 위해 타협하지 말자. 인생의 수준을 생활의 수준을 위해 낮추지 말자.

수단과 목적이 뒤바뀌면 삶의 질이 추락한다. 추구해야 할 목적이 있고 그 목적을 보조할 도구가 있다. 하지만 때로는 주객이 전도되듯, 부르는 이름 석 자가 이름을 가진 주인보다 더 중요해지기도 한다. 화려한 간판에 비해 음식이 형편없는 식당, 매력적인 표지에 비해 내용이 부실한 책처럼 말이다.

수단의 역할을 해야 할 영역과 추구해야 할 궁극이 되어야 할 목적, 이 둘이 공고하면 선택과 집중이 쉽다. 쿠션이 좋은 운동화, 지도, 나침반, 물, 자전거, 이 모두는 빠르고 안전하게 목적지에 이를 수 있게 돕는 도구들이다. 다양한 수단을 적극적으로 활용할 수는 있지만, 어디까지나 우선순위는 아니다.

삶에 대한 강직한 소신은 목적과 수단의 명확성에서 온다. 내게는 이 둘의 영역이 흑과 백만큼 분명하다. 창작, 표현, 기여가 글쓰기의 목적이니, 다 쓴 수첩은 보관하지 않고 버린다. 휴대폰은 연락을 주고받고 음악을 듣고 사전을 찾기 위한 도구이니, 그 역할에 지장이 없는 한 새것으로 업데이트하지 않는다. 집은 거주가 목적이기에 바람을 막아주고 온수가 나오는 걸로 충분하다. 건강, 지혜, 성장에는 애착이 있지만 운동화, 코트, 자전거, 화장품, 책은 언제든 처분할 수 있다.

개인의 가치관에 따라 목적과 수단은 언제든 그 형태와 위치가 변한다. 시간적 자유가 목적인 사람도 있고, 경제적 자유가 목적인 사람도 있다. 여행의 목적이 식도락인 사람도 있고, 교류와 만남인 사람도 있다. 내가 외국어를 공부하는 이유는 자유로운 소통과 표현을 위함이지만 또 다른 누군가에게는 취업과 이직일 수도 있다. 이처럼 우리는 각기 다른 목적을 가지고 살아가기에 나의 도구와 당신의 도구는 다르다. 하지만 한 가지 사실은 변하지 않는다. 목적에 확신이 없으면 잘못된 도구로 삶을 운용하게 된다.

나의 행복과 안녕을 위해 얼마든지 목적과 수단을 이리저리 이동해 보기를 주저하지 말자. 행복의 각도에 맞게 목표를 설정했다면 나머지 영역은 도구가 된다. 그리고 이 둘이 뒤바뀌지 않게끔 확고하게 자리를 잡아야 노력한 만큼 보상이 있는 배부른 인생이 된다.

맛 좋은 요리를 계발하는데 투자해야 할 시간을 아무도 보지 않는 전단을 꾸미는 데 허비하고 있으면 값진 노동이 전부 허사로 돌아갈 게 분명하니 말이다.

울적할
때。

긍정적으로 생각하자 마음속으로 백 번 주문을 되뇌는 것보다 10분 동안 땀 흘리며 격렬하게 운동 한 번 하는 것이 더 효과적이다.

신체적 움직임보다 더 정신 건강에 확실하게 일조하는 요소는 없다. 운동이 발산하는 에너지는 몸을 넘어 마음에까지 관여한다. 스트레스 받는 상황이 생기고 마음이 심란하고 머릿속이 이런저런 생각으로 뒤엉켜 진정되지 않을 때, 밑져야 본전이라는 심정으로도 좋으니 운동을 한 번 해 보자. 그 어떤 방법보다 나는 큰 효과를 봤다. 이보다 더 영구적이고 말끔하게 스트레스 지수를 낮춰 주는 활동은 없었다. 운동이 습관이 되고 취미가 될 수 있었던 배경에도 이와 같은 정신적 도움을 받았던 기억이 있다.

실제로 적당히 격렬한 신체 움직임은 세로토닌이라는 물질을 분비시킨다. 세로토닌은 우울증 환자에게 약으로 처방할 정도로 좋은 기분을 유지시키는 힘이 있다. 햇볕과 운동은 이러한 세로토닌을 어떤 외부 자극 없이도 자생적으로 분비시킨다. 정기적인 바깥 활동과 적당한 강도의 운동을 결코 등한시해서는 안 되는 이유다.

살면서 숨이 찰 정도로 심장이 빠르게 뛸 일이 얼마나 있을까. 과거 운동성이 곧 생존이었던 시절, 굶지 않고 공격당하지 않으려면 뛰고 오르고 버텨야 했다. 그에 비해 지금은 사냥을 하지 않아도 마트에 가면 끼니가 해결되고 느닷없이 들짐승이 쫓아와 생명을 위협하지도 않으니 전력을 다해 줄행랑 치며 숨을 헐떡일 일도 없다.

그러나 동시에 긴 시간 인류는 몸을 격하게 쓰고 다양한 자세로 움직이며 생존해 왔다. 거북목을 하고 큐비클에 갇혀 손톱만 한 글씨를 들여다 보는 시간과는 비교도 안 될 만큼 오랜 시간 다양하게 몸을 쓰며 진화해 왔다. 태양이 내리쬐는 뜨거운 땅을 밟고 바람을 가르며 대지와 호흡하고 자연과 숨결을 공유하며 생존하고 정착했다. 살기 위해 찌르고 던지고 당기고 들쳐 메고 굴렀다. 인간에게 최적화된 자세는 걷고 달리고 경사진 곳을 기어오르는 역동적인 움직임이다. 땀 흘리지 않고 관절을 다양하게 쓰지도, 햇볕을 넉넉하게 쬐지도 않으면 물리적으로 아무리 풍족할지라도 몸과 마음이 늘 무기력할 수밖에 없다.

행복을 관장하는 요소로 현대인들은 대단히 영적인 분야를 많이 개입시킨다. 마음을 잘 달래야 한다는 주장이 틀린 말은 아니나, 그보다 더 먼저 기본으로 돌아가 생리적 욕구부터 잘 충족해야 한다. 온종일 아무것도 먹지 않고 2~3일 철야를 하며 수면 부족에 시달리는 사람이 한 끼 식사보다 자기계발을 더 우선시할 리가 없다.

유난히 울적한 날이면 나는 한바탕 시원하게 달리고 온다. 다이어트, 근육 강화가 목적이나 동기가 아니다. 좋은 기분을 느끼고 싶기에 달린다. 흠뻑 젖은 운동복과 거친 호흡으로 바짝 마른입안, 목덜미를 타고 흘러내리는 땀 줄기, 시뻘겋게 달아오른 양 볼, 터질 듯한 심장, 아릿하게 저리는 허벅지와 종아리, 이 모든 몸의 변화가 살아 있음을 알려준다. 나의 생명력이 어느 때보다 강하고 생생하게 느껴지는 순간이다. 활어처럼 팔딱이는 나의 심장이 '나, 지금 여기 살아 있어!'라고 소리친다.

평화로운 일상을 살아 내면서도 자꾸 한숨이 나온다거나 문득문득 답 없는 질문으로 마음을 헤집어 놓는다면 분명 몸이 무언가를 요구하는 것이다. 부족한 운동량을 채워달라고 신체가 신호를 보내고 있다.

나는 시도 때도 없이 운동을 한다. 마음이 건강한 날은 갈증이 덜하지만 마음과 정신이 짓이겨져 피폐한 날이면 운동에 대한 갈증은 강렬해진다. 정해진 날 없이 세로토닌이 떨어지면 충전하기 위해 체육관에 간다.

숨이 차고 근육에 자극이 오고 땀이 흐르고 심장이 뛰면 좋은 운동이다. 미적인 이유만이 운동의 동기가 아니다. 건강한 마음, 좋은 기분이 운동을 해야 할 더 좋은 이유이며 지속을 가능하게 할 더 강력한 동기다.

이렇게 생생하게 생명력을 느낄 일이 많지 않다. 인간의 신체만큼 삶의 활력을 투명하게 증명하는 존재가 없다. 활력 없는 삶은 신체의 물리적 능력치를 좀처럼 쓸 기회가 없는 움직임의 부재 탓이다. 에너지가 쌓이기만 하고 좀처럼 발산되지 않으면 건강한 인풋이 들어올 자리가 없으니 말이다.

마치는 말。

불면증을 치료하는 가장 효과적인 방법의 하나가 애쓰지 않
는 것이라고 합니다. '조금이라도 더 자야 해' '빨리 잠이 들어
야 해'라는 마음의 압박이 점점 더 정신을 말똥말똥하게 한다
고 하지요. 그러니 마찬가지로 생각을 멈추고 싶다면, 멈춰야
한다는 강박부터 내려놓아야 합니다.

불안 좀 하면 어떻습니까. 당신이 지금 하는 고민이 무엇이
되었건 어김없이 내일은 오고 또 다른 하루가 시작됩니다. 잡
념의 무게가 나를 압사할 것 같아도 안전과 생명에는 손톱만
큼도 지장이 없습니다. 가방 속 소지품도, 얼굴 위 점의 개수
도, 머리카락의 길이도, 냉장고 속 음식도 그대로입니다. 머
릿속이 제아무리 부산스러울지라도 나의 물리적 환경과 육
체적 상태에는 변화가 없습니다.

겁낼 것 하나 없습니다. 내버려 두세요. 잠이 오지 않으면, 공짜 시간 벌었다고 생각하고 책 읽고 음악 들으며 얻게 된 잉여 시간을 만끽하세요. 쉴 틈 없는 생각의 굴레를 지긋이 지켜보세요. 과연 어디까지 뻗어 나갈까 갈 데까지 가 보는 겁니다.

저는 생각 많은 스스로를 그대로 내버려 두기로 했습니다. 천성이라 여기고 오히려 즐기기 시작하니, 그리 나쁠 것도 없더군요. 불안했기에 최악을 피할 수 있었고 최선을 준비할 수 있었습니다. 생각해 보니, 불안만큼 훌륭한 생존 무기도 없습니다.

생각 많은 나의 천성은 변하지 않았습니다. 여전히 세상에 존재하는 온갖 질문과 고민과 걱정을 다 짊어지고 살고 있습니다. 그런데도 특별히 어떻게 해 보려고 하지 않은 채 그대로 살고 있습니다. 생각은 생각일 뿐, 내게 해를 가할 수 없으니까요.

이 일 저 일, 잡다하게 생각하다 보면 재미있는 상상도 많이 하게 됩니다. 잡념의 힘으로 공상을 하고 공상의 힘으로 창작을 하고 창작으로 돈도 벌고 있으니, 잡생각은 수입의 원천이기도 하네요.

실도 많지만, 득도 없지 않습니다. 생각이 나를 괴롭힌다면 끝까지 파고들어 깊숙한 곳까지 가 보세요. 의외로 싫지 않은 수확이 있을지도.